구경하는 펭귄

구경하는 펭귄

발행일	2025년 12월 1일

지은이	채진수
펴낸이	손형국
펴낸곳	(주)북랩

출판등록	2004. 12. 1(제2012-000051호)
주소	서울특별시 금천구 가산디지털 1로 168, 우림라이온스밸리 B동 B111호, B113~115호
홈페이지	www.book.co.kr
전화번호	(02)2026-5777 팩스 (02)3159-9637
ISBN	979-11-7224-897-0 03810(종이책) 979-11-7224-898-7 05810(전자책)

잘못된 책은 구입한 곳에서 교환해드립니다.
이 책은 저작권법에 따라 보호받는 저작물이므로 무단 전재와 복제를 금합니다.
본 도서는 (주)북랩이 보유한 리코 인쇄 장비 등 자체 생산 인프라를 통해 제작되었습니다.

작가 연락처 문의 ▶ ask.book.co.kr
전용 게시판에 문의를 남기시면 저자에게 직접 전달됩니다.

(주)북랩 성공출판의 파트너
북랩 홈페이지와 SNS에서 다양한 출판 솔루션을 만나 보세요!

홈페이지 book.co.kr   •   블로그 blog.naver.com/essaybook   •   출판문의 text@book.co.kr
카톡채널 북랩

—채진수 소설—

구경하는 펭귄

북랩

차례

0장 ——————————— 7

제1부
아르뚜어 펭귄

1장 ——————————— 19
2장 ——————————— 33
3장 ——————————— 51
4장 ——————————— 61
5장 ——————————— 76
6장 ——————————— 88

제2부
객관적 사실로 구성된 세계와 펭귄의 인식

1장 ——————————— 103
2장 ——————————— 124
3장 ——————————— 131
4장 ——————————— 137
5장 ——————————— 146
6장 ——————————— 158

제3부
강간

1장 ——————— 173

제4부
불투하는 것들

1장 ——————— 177
2장 ——————— 180
3장 ——————— 181
4장 ——————— 185
5장 ——————— 187
6장 ——————— 189

0장.

    사랑은 생각보다 호기심이 많아서, 매번 새로운 질문을 들고 당신을 재방문한다. 내가 이 이야기를 이렇게 시작하면 어떨까. 펭귄은 다른 사람을 조금도 믿지 않았고, 그랬기 때문에 어떤 한 사람을 콕 집어 아주 철썩같이 믿을 수밖에 없었다고. 본래 그렇게 "나는 아무도 믿지 않아."라고 말하는 이들은 꼭, 어떤 한 사람을 지나칠 정도로 믿어댄다. 내가 보았을 적에 그들이 그런 양가적인 행태를 띠는 까닭은 그 '아무도 믿지 않겠다'라던 다짐이, 실은 모종의 윤리적 반발을 함유하는 것이고 또한 그 반발은 '믿음직스러운 누군가를 만나 영원토록 함께하고 싶다'라는 강한 열망과 거듭된 실망으로 형성되는 것이기 때문이다.

돌이켜보면 펭귄은 차갑고도 따뜻한 내면을 동시에 소유하고 있었던 것만 같다, 그것이 아주 잠시의 일이긴 했지만 말이다. 그는 기질적으로 인간과 세상; 이 둘에 대한 깊은 호기심을 가지고 있었는데, 그 둘 중 어느 하나 아름다운 것이 없었다는 사실이 그를 아주 괴롭게 했다. 더군다나 그렇게 '알면 알수록 아름답지 않은 것'들에 대한 분석을 거듭하는 이들은 개별적 망측을 확장하여 온통으로 인식하는, 그런 초보적인 오류를 쉽사리 떨쳐내지 못하는 것만 같다. 예컨대 그들은 사람을 죽인 어떤 이상한 사람을 보고선 살인하는 것이야말로 인간-온통의 본래적인 성질이라 오해하기도 하고, 간혹 폭력적으로 행동하는 세상의 모습을 보고 그것이 마치 세상 전부를 관통하는 이치라도 되는 줄 안다. 그리고 이러한 오류에 빠진 그들은 스스로의 호기심을 해결해 나갈수록 더욱더 차가워진다.

 그들과 대화를 나누는 건 아주 당혹스러운 일이다. 당신이 어떤 말을 하건, "정말 아무것도 모르고 계시는군요, 세상은 그렇게 돌아가지 않습니다."라는 말로 당신을 잡아당기기 때문이다. 그들이 아는 대화의 원동이라고는 비탄뿐이 없다. 그들은 당신의 넓은 아량으로도 좀처럼 동의할 수 없는 말을 지껄이며 세상을 경멸해 댄다. 혹여 당신이 작은 용기를 내어 그들의 비관에 맞서 보기라도 하면 아주 큰 일이 난다. 겉으로는 그 어떤 것에도 관심이 없는 것처럼 보였던 그들이, 갑작스레 발작을 해대기 때문이다. 그들은 당신의 팔을 세게 붙들고 무엇이 가치가 없는 일인지, 무엇이 진정으로 한심한 짓인지, 어떻게 생겨 먹은 녀석들을 피해야 하고 또 어떤 목소리를 가진 이들을 경계해야만 하는지 열을 내며 떠들어 댄다. 들릴락 말락한 목소리로 중얼거리기만 했던 그들은 어느새 꽥꽥, 언짢은 궤변론자가 되어

버린다. 그러면 당신은 그 변모에 깜짝 놀라고, 그다음에는 그를 이해해 보려 애를 쓰고, 그를 이해하는 건 완전히 불가한 일이었다는 사실을 마침내 깨닫는다. 그러면 당신은 아주 절묘한 목소리 크기로 이렇게 말한다. "뭐야? 신비로운 사람이 아니라 그냥 병든 사람이었잖아," 그러면 그는 또 혼자 남겨진다. 떠나는 뒷모습을 한동안 바라보다, 다시 원래 상태로 되돌아온다.

펭귄이 의도치 않게 사랑한 어떤 여자가 그를 반복적으로 설득하곤 했다는 것은 참 다행인 일이었다. 여자는 펭귄이 내뿜던 냉기에 슬며시 발가락을 담그고 세상 이곳저곳을 가리켰다. 간혹 그렇게 자그마하고 귀여운 설득은 도통 아무런 효과도 가져오지 못한다고 여겨 지기도 하는데, 결론부터 말하면 그 귀여운 짓은 펭귄의 마음을 조금씩 흔들어놓고 있었다. 이렇듯 어떤 자그마한 행동은 생각보다 큰 변화를 만들어 낼 수 있다. 여자는 펭귄에게 이렇게 말해주고는 했다, "저는 당신이 지닌 깊은 경멸도 사랑한답니다, 완전히 동의하는 것은 아니지만 말이에요. 어쩌면 당신이 옳았을지도 모르는 일이에요. 당신이 말했던 것처럼, 누군가에게 애정을 갖고 따뜻하게 대하는 건 아주 위험한 일이었을지도 몰라요. 다른 사람들과 어울리기보다는 혼자서 담을 쌓고, 그 안에 콕 박혀버리는 게 온당한 일이었을지도 몰라요. 어쩌면 세상은 도무지 예측할 수 없는 위험이 도사리는 곳이고, 삐끗 헛디디기라도 하면 굴러떨어져, 다시는 빠져나올 수 없는 곳일지도 몰라요. 어쩌면 당신이 말했던 것처럼, 생명이 소중했던 적은 한 번도 없고, 다만 소중한 생명 몇 개가 우리 주위에 있었던 것뿐이었을지도 몰라요. 그런데 저는 가끔씩 말이에요. 펭귄, 아주 가끔씩. 당신을 괴롭히는 건 이 세상도, 혹은 다른 사람들도 아니었다는 생각을 하기도 한답니다. 그리고 그런 생각이 들 때마다 제 영혼이 눈물을 흘려요."

여자는 또, 펭귄에게 이런 말을 하기도 했다, "악을 혐오하는 일이, 선이 될 수 있을까요? 경멸을 더욱 깊게 경멸하는 것이, 모든 불만을 정리하고 우리를 다시금 평온한 상태로 되돌려 줄 수 있을까요? 실은 당신도 알고 있었지요? 정반대에 서 있는 줄로만 알았던 이 세상의 어떤 것들이, 실은 아주 가까이 붙어 서로의 체온을 나누고 있었다는 사실을 말이에요. 당신도 알고 있었던 것이지요? 그렇지만 어찌할 바를 몰라서, 그냥 알고도 모르는 체하고 있었던 것이지요?"

여자가 그런 말을 할 때마다 펭귄은 아무 말도 없이 여자의 표정을 꽤 오랜 시간 동안 쳐다보고는 했다. 여자의 표정은 아주 단호했지만, 그것의 지향은 통제가 아니라 차라리 양도와 응시였다. 그 표정을 목도한 펭귄은 가만히 고개를 떨구곤 했다. 그러면 여자는 펭귄을 위로하듯, 이렇게 계속했다, "당신이 악을 혐오하고, 또 경멸이란 것을 경멸했다고 해서 당신이 선한 사람이 되는 건 아니랍니다. 모쪼록 악한 일을 했기 때문이에요, 설사 그 악행이 더 나쁘고 더 악한 것들을 겨냥하고 있었다고는 해도 말이에요. 참으로 불행한 일이지요, 펭귄. 악은 저울에 올라가지 않는답니다. 이 세상에서 더 악하고 덜 악한 건 없어요. 당신이 가진 불만은 악을 괴롭힌다고 해서 사라지는 것도 아니고, 아주 깊은 경멸을 경멸해 본다고 해서 사라지는 것도 아니랍니다. 그것을 사라지게 하는 건 다만 그 경멸까지도 사랑해 보려는 어리석음뿐이겠지요."

여자의 반복적인 설득은 펭귄의 관념을 조금씩 변형시키고 있었다. 펭귄은 점차 이 세상이 자신이 생각했던 것만큼 엉망인 것은 아니었을지도 모른다고 생각하기 시작했다. 그리고 그럴 때마다 펭귄은 눈을 감고 뒤통수를 문질렀다.

본래 그렇게 그간 공을 들여 세운 가치관이 완전

히 거짓일 수도 있겠다는 의심을 품게 되면 왼쪽 뒤통수, 특히나 목과 머리통이 우아하게 이어지는 그 시위 같은 부분에 말로는 명확하게 표현할 수 없는 독특한 형태의 고통이 찾아온다. 심지어는 머리통의 이마 즈음은 마치 깊은 환각에 시달리기라도 하는 것처럼 순식간에 어지러워진다. 내가 개인적으로 아는 누군가는 이와 같은 반응을 두고서 "아, 나는 주삿바늘에 찔리면 그런 상태가 되는 것 같아, 맞지? 뒷목이 아프면서 어지러운 것 말이야!"라고 했는데, 완벽하게 들어맞지 않을지는 모르겠지만 그래도 꽤 유사한 것 같다. 간혹 펭귄은 그 어지러움의 강도가 너무 세어 벽을 짚고 서 있어야만 했던 경우도 있었다. 그러나 어째서인지 그러한 뇌선이 그리 나쁜 일처럼 느껴지지는 않았다. 솔직히 말하면 그 증세가 후련하고 반갑게 느껴질 때도 있었다. 마치 오랫동안 쌓아 둔 쓰레기를 모아서 죄다 내다 버릴 때의 감정처럼 말이다. 그는 어느새 두껍게 굳어 앉아 있던 비관 위로, 여자가 심어놓은 작은 온기가 불쑥 나타

나 자신을 안아 줄 때마다 이렇게 의심했다. '이렇게 되기를 줄곧 원하고 있었을지도 모르겠는걸.'

여자가 강간당한다. 펭귄의 차가움과 따뜻함, 그 대립적인 성질의 예쁜 공생은 거기까지였다. 그것은 여자의 강간 소식을 듣는 것을 끝으로 완전히 종료되었다. 스스로에 대해 품었던 의심이 걷잡을 수도 없이 커져, 그간의 냉소를 죄다 덮어버릴 수 있었다면 참 좋았으련만. 그렇지만 세상은 간혹 나의 깊은 바람과는 정반대로 돌아간다. 여자가 강간을 당하고 나서 했던 말; "제 생각보다 인간은 아름답지 않은 것 같아요."라던 바로 그 말이 뱉어짐과 동시에, 사랑의 여정 속에서 점차 모습을 감출 것만 같았던 그 못된 냉기가. 군중 틈에 슬그머니 몸을 숨긴 채 세력을 불리던 의심의 손을 낚아채 중앙으로 질질 끌고 오더니 "이러지 마세요, 제게 이러지 마세요, 이러지 말아주세요,"라는 애원을 무시하고 목을 따 버렸다.

제1부

아르뚜어 펭귄

1장.

 펭귄은 우연적으로 마주친 이들과 도통 마음을 나누지 않았다. 펭귄에게 인간적인 관심을 두고 인사를 하던 이들도 종종 있었지만, 그는 그냥 "아, 네."라는 짤막한 대꾸를 하고 다시 입을 다물었다. 감정을 매질로 한 본래적인 공명은 찾아볼 수 없었고, 그것은 마치 서로 다른 세상 두 개가 현상의 일환으로 잠시 맞닿았다가 곧바로 동떨어지는 것과도 같았다. 펭귄은 다른 사람들과 어울리는 대신에 혼자서 책을 읽었다. 그것이 그의 유일한 취미였다. 그런데 사람들은 어느 한 청년의 독서를 비정상적인 것으로 여기는 것만 같다. 간혹 투자와 돈에 관한 저서를 읽는 것은 정상으로 참작되기도 했지만서도, 그런 후한 평가가 추함과 아름다움, 혹은 무기력과 처절을 담은 저서까지 확장되는 경우는 좀처럼 없었다. 심지어는 문자 자체가 아니라 문자를 읽는 본인의 모습에 끔뻑 빠져버린 몇몇 저렴한 이들이 우울에 젖은 미인 하나를 쓰윽 훔쳐 달아나는 일도 심심찮게 벌어졌으니, 사람들의 눈에 어느 한 청년의 독서란 은밀한 치장, 혹은 순결하지 못한 그 무언가였던 모양이다.

펭귄은 보통 아무 공원에 벌러덩 드러누운 채로 책을 읽고는 했다. 간혹 바닥을 살피지도 않고 재빨리 누워 버렸기 때문에 피부와 옷에 잔뜩 먼지가 묻기도 했다. 그는 그렇게 누워서 한동안 책을 읽다가, 책을 들고 있던 팔이 아파지면 몸을 돌려 엎드렸다. 어떤 때에는 땅에서 길을 잃은 돌 조각 하나가 그의 팔꿈치를 아프게 괴롭혔다. 그럴 때마다 펭귄은 한숨을 내쉬고 바닥을 한 번 쓸었다. 그러고는 또 한동안 엎드린 자세로 책을 읽었다. 나름대로 긴 시간이 흘러 몸을 지탱하던 팔꿈치가 너무 힘겨워하면, 끙차 일어나 앉았다. 펭귄은 앉아서 주위를 두리번거렸다. 펭귄은 책을 덮고 사람들을 구경했다. 아주 근사한 무대를 구경하는 사람들. 처음에는 여섯이었던 악단이 다섯이 되고, 그 후로는 셋, 그 이후로는 하나가 되어 버리는 모습. 다 같이 모여 얘기를 나누고 기도하는 사람들. 가진 것은 사랑과 꽃, 두 개뿐이었는데도 빤히 웃으며 서로를 부둥키던 어떤 남자와 여자를, 자신만만한 걸음으로 침을 뱉는 녀석들, 미인과의 대화는 생전 처음이었는지 얼굴이 발갛게 물든 샌님을 구경했다. 간혹 부모의 감시를 피해 탈출한 세 살짜리 꼬맹이도 나타났다. 짜잔! 아이, 참. 귀여워라. 꼬맹이들의 등장은 항상 재미나다. 갑작스럽기 때문이다. 그렇게 나타난 꼬맹이는 펭귄을 바라보며 세상 어딘가를 손가락으로 가리켰다. 펭귄은 그 녀석이 가리키는 방향을 멍하니 쳐다봤다. 그 녀석은 아직 떳떳하지도 않은 성대로 무어라 지껄이기까지 했다. 그토록 자그마한 손가락이 무엇을 가리키고 있던 것인지, 똑똑히 알려주려던 것이었겠지. 가만 보면 어린 녀석들은 자신의 행동을 설명해주는 것을 참 좋아하는 것 같다. 아마도 녀석들의 말과 행동을 단번에 알아먹는 이들이 이 세상에 별로 없었기 때문일 것이다. 허나 그 옹알거리는 설명이 거듭될수록 더욱더 알아듣기 힘들어지니, 녀석들의 시도는 언제나 역효과를 불러온다. 한동안 녀석의 옹알거림을 듣던 펭귄은 고개를 한번 갸웃하고는 "말 좀 똑바로 해라." 따위의, 아주 잔인한 말을 무심코 뱉어 버리기도 했다. 그런데 이내 자신의 행동에 깊은 후회를 하고는, "좋은 인간이 되어야 한단다."라고 넌지시 알려주기도 했다. 곧이어 녀석의 어미가 그 둘을 향해 헐레벌떡 달려오기도 했다. 어미는 꼬맹이의 양쪽 어깨를 잡고 산뜻하게 혼을 냈다. 꼬맹이는 그 상황에 도리어 신바람이 났다. 이처럼 어떤 걱정과 꾸지람은 그것을 맞는 이에게 좋은 즐거움을 준다. 꼬맹이는 어미에게도 똑같이 옹알거렸다. 너무나도 신이 난 나머지 이제는 마치 꽥꽥, 괴성처럼 들리기까지 했다. 한껏 부드러운 목소리로 "웅, 웅. 그래, 그래 맞아."라고 대꾸한 어미(도대체 어떻게 알아들은 것인지는 잘 모르겠다-)는 슬쩍 펭귄을 쳐다보고는, "새소리가 들린다고 하는 거예요. 얘는 새를 참 좋아하거든요."라고, 애써 말해주기도 했다. 아마 억지로라도 감동한 표정을 지어 달라는 뜻이었겠지. 중력에 치여 하강하는 것을 제외하고 모든 것을 까먹어버린 바위에게, 꼭 이렇게 말을 건네는 것만 같았다, "아, 여기 중턱까지 굴러내려 왔구나. 그렇지만 너는 원래 저기 높은 곳, 꼭대기에 있었단다. 매 순간 밑으로 잡아당겨져서 말이야, 여기까지 굴러떨어진 것이란다. 기억나니? 네가 저 위에 있을 적에 보던 죽이는 경치를 말이야."

펭귄은 어쩌다 새를 좋아하게 된 것인지 묻고 싶었다. 본래 자그마한 인간들이 지닌 '좋음'이란 감정에 대해 듣는 건 무척 재미난 일이다. 어린아이들의 기호는 완전히 무조건적이기 때문에 사실상 아무런 근거도 존재하지 않는데, 존재하지도 않는 것에 대해서 말해야만 하는 상황에 끔뻑 빠진 녀석들은 마치 교단에 우뚝 선 교주처럼, 정말 아무 말이나 해대기 때문이다. 그리고 내가 보았을 적에는 바로 이것이야말로 어린 인간들의 순박한 재치다. 녀석들은 그 상황을 극복해 내기 위해 온갖 타당과 합리에 등을 돌리고 오롯이 순간적인 감각과 직관만을 자신의 구명 단정으로 삼는다. 그러면 또 녀석들은 순식간에 수십 개의 표정을 들어 올렸다가 감춰버린다. 펭귄은 그 산발적으로 피어나는 균열을 사랑했다. 펭귄은 녀석에게 어쩌다 새를 좋아하게 된 것인지 묻고 싶었다. 아, 그렇지. 이게 중요한 것이다. 결과적으로는 어떻게 되었든 간에, 펭귄은 그러고 싶었다는 것-. 그는 금방 전까지 꽥꽥거리며 알아들을 수 없는 소리를 내뱉던 얼굴을 가만히 바라봤다. 펭귄은 속으로, 과연 어떤 말로 질문을 던져야 저 녀석이 잘 대답할 수 있을까 고민했다. 물론 그냥 단순하고 쉬운 말로 질문할 수도 있을 것이다, " 어쩌다 그런 걸 좋아하게 된 거니?"라고. 그렇지만 간혹 그런 수준의 질문은 대답하기에 너무나도 쉬웠던 나머지 오히려 상대를 당황스럽게 하기 일쑤였고, 그 난처함은 대개 "그냥요!" 따위의 다소 무책임한 형태로 발현되어 버린다. 때문에 그런 단순하고 쉬운 말로 질문하는 것은 좋지 않은 방법이었을 것이다. 그러면 그렇게 묻는 대신에 아주 알쏭달쏭한 수수께끼를 낼 수도 있다, 바로 이렇게. "저게, 전혀 다른 것이 되어도 사랑할 수 있니? 바로 지금처럼 말이야." 그러면 그 꼬맹이는 눈알을 잠시 굴리며 그게 무슨 소리인지 알아들으려 애를 쓰다, 자신의 지식으로는 차마 알아들을 수 없는 말이라는 사실을 덜컥 알아차려 버릴 것이다. 그리고 그러면, 펭귄이 지금 자기를 놀리고 있는 것이라고 오해하게 될 거야. 그리고 또 그러면, 으앙 하고 울음을 터뜨려 버리겠지. 아주 불쌍해 보이는 눈동자를 들어 올리며 어깨를 잔뜩 움츠려버릴 거야. 그러면 펭귄은 허겁지겁 난처한 손을 내저으며 이렇게 말해야 할 거야, "아니, 나는 지금 너를 놀리려는 게 아니야. 이해해보려는 것이란다." 그러면 그 꼬맹이는, 만일 녀석이 그 정도의 언어를 구사할 능력이 된다면, 바로 이렇게 말할 거야, "그게 그거잖아요!"

상상에 잠긴 펭귄은 아무 말도 못 하고 그렇게 긴 시간 동안, 꼬맹이 녀석을 쳐다보기만 했다. 펭귄의 말없는 응시가 어미로 하여금 모종의 위협을 느끼게 했다. 녀석의 부모는 서둘러 표정을 굳히고 경계의 눈초리를 꺼내 들었다. 부모의 눈길을 확인한 펭귄은 읽던 책을 다시 펼쳐 들고 바닥에 드러누웠다. 그러고는 속으로 이렇게 뇌었다, '나를 떠나려는구나.'

펭귄의 가치관은 완전히 모순적이었다. 그는 사람들이 중요하다고 여기는 수많은 것들에 대하여 "사실, 그건 전혀 중요하지 않은 것이야."라고 말하곤 했었는데, 막상 본인은 그 '중요하지 않은 것'들로부터 조금도 벗어나지 못하고 있었던 것이다. 펭귄은 스스로 중요하지 않다고 판단한 것들에 얽매여 있었다. 그는 돈이 중요하지 않다고 생각했다. 그러나 그는 간혹 상점 창가에 진열되어 있는 물건을 바라보며 손가락 몇 개를 접었다가 폈고, 한숨을 내쉬며 발걸음을 옮겼다. 펭귄은 사람들 사이의 온기란 전혀 필요 없는 것이고, 중요하지도 않은 것이라고 생각했다. 그렇지만 펭귄은 종종 그때의 자신이 왜 그렇게 차갑게 행동한 것인지 후회하기도 했고, 다음에 그런 상황이 온다면 다르게 행동해 보겠다는 다짐을 했다. 펭귄은 명예가 중요하지 않다고 생각했다. 사람들의 인정을 받는다는 것이 그다지 큰 가치가 있어 보이진 않았던 것이다. 그러나 그는 먼 훗날 사람들이 자신의 말에 귀를 기울인 채로 감동에 젖는 상상을 해댔고, 그 속에서 한동안 갇혀 빠져나오질 못했다. 펭귄은 우연으로 마주친 사람들을 죄다, 그리 가치가 없는 인생을 살고 있는 이들로 여겼다. 펭귄은 그들을 경멸했다. 그런데도 그는 책을 읽을 적에는 꼭, 사람으로 가득 찬 광장이나 공원에 누워 읽었다. 그는 콧노래를 부르며 깔끔한 옷을 입었고 근사한 손짓으로 머리를 넘겨 단정하게 했다. 펭귄은 툭하면 울어대던 갓난아이들을, 소리를 지르며 뛰어다니던 꼬마들을, 강하지도 않으면서 강한 척하는 부성애와 이기적인 모성애를, 자신이 돋보이는 것을 제외하곤 아무것도 신경 쓰지 않는 또래의 청년들, 입만 열면 돈과 여자 엉덩이 얘기만 하는 중년, 소싯적의 얘기만 하는 노인네들을 경멸했다. 그렇지만 자신에게 다가와 옹알거렸던 그 꼬맹이가 과연 어떤 인간이 되어 줄 지, 누군가를 위해 웃고 또 누군가를 위해 울음을 삼킬지 상상했다. 그러고는 마음속 아주 깊은 곳에서, 그 녀석이 잘 해내기를 진심으로 바랐다. 펭귄은 아주 따스한 온기를 느꼈다. 그는 매일 밤 그 온기를 되돌리며 자그맣게 낄낄거렸다.

어찌 보면 펭귄이 그런 모순을 갖게 된 건 아주 당연한 일이었다. 왜냐하면 이 세상의 어떤 열망은 그것을 잠시 지녀보았다는 이유 하나만으로, 일평생 대가를 치르게 하니까. 그리고 그 속죄의 행위는 주로 자신의 열망과 행위 사이의 일관을 도려내고 스스로를 모순적 존재로 재탄생시키는 것으로 현시한다. 때문에 모순적이란 것은, 어떤 것을 간절하게 바란 적이 있다는 사실과 간혹 동치다.

이러한 사실을 알고 있는 나로서는 그의 그럴듯한 선언; "그건 중요하지도 않은 것이야."라는 바로 그 말을, "아, 그렇지. 아주 중요한 것이지. 중요하고말고. 그렇지만 언제였나, 훨씬 더 중요한 것을 찾아버렸지 뭐야. 차라리 영영 찾지 못했으면 좋을 뻔했어."란 말로 치환하여 받아들이고는 한다. 뭐, 상황에 따라 그 형태가 조금씩 바뀔 수는 있겠지만 말이다. 당신에게 위 사실에 대해 미리 언질을 주었다는 걸 그가 알아차리기라도 하면 아주 부끄러워할지도 모르겠다. 아, 아니지. 어쩌면 부끄러워하는 게 아니라 엉엉 울어버릴지도 모른다. 그토록 그리던 것과 마주하게 되면 말이야, 부끄러움보다는 울음이. 갈피도 없이 터져버리곤 하니까.

펭귄은 공원에서 마주친 꼬맹이와 어미를 만나고 나서 얼마 뒤에, 내게 이런 질문을 던졌었다, 떠나는 수많은 것들을 향해 "제발, 나를 떠나지 말아주세요!"라는 애원을 마지막으로 한 적이 과연 언제였는지, 기억이 나느냐는 것이다. 나는 가만히 고민했다. 나는 그것이 아주 오래된 일이기 때문에 전혀 기억나지 않는다고 대답했다. 그 말을 들을 펭귄이 "나도 그래."라고 했다.

그런데 생각해 보면 "제발, 나를 떠나지 말아주세요!"라고 말하는 건 아주 기적 같은 일이다. 왜냐하면 그 말을 할 수 있는 시기는 우리의 일생을 통틀어 아주 짧은 순간에 불과하기 때문이다. 그러니까

이게 또 무슨 말이냐면……. 우리가 아주 어렸을 적에는 상대가 떠나가고 있다는 사실을 알아차릴 수 없을 정도로 멍청하기 때문에 그 애원을 뱉을 수 없다.

반면에 우리가 '떠나감'이란 것을 인지 할 수 있게 되었을 때부터는 말이야, 나를 떠나는 그것들이 이미 너무나도 동떨어져, 나의 애원을 들을 수 없다는 사실을 곧장 알아차린다. 때문에 우리는 구태여 "나를, 떠나지 말아주세요!"라는 말을 뱉지 않는다. 따라서 그 애원은 애초부터 뱉을 수 없거나, 뱉어지기 이전에 가치 혹은 그 의미를 잃는다. 펭귄은 나의 얘기를 듣다 말고 자신의 머릿속에 앉아 있다던 그 꼬맹이에 대해서 몇 마디 더 종알댔다. 딱히 주의 깊게 들은 것은 아니기 때문에 그 내용이 명확하게 기억나지는 않지만, 그는 녀석이 새를 좋아한다는 사실에 완전히 매료되어 버린 듯 보였다. 그렇지만 그렇다고 해서 사람들이 종종 그러는 것처럼 새와 자유를 엮으며 바보 같은 감상에 젖은 것은 아니었다. 무언가를 티 없이 선호할 수 있다는 사실; 바로 그것이 펭귄을 아주 깊은 동요로 이끌었던 것이다. 그 녀석이 새소리를 좋아했건, 건물을 세워 올리는 웅장한 크기의 중장비가 내는 소리 혹은 날렵하게 잘빠진 권총의 발포와 그것으로 자살한 사람의 비명을 좋아했건 아무렴 상관이 없었다.

2장.

펭귄의 세계가 지닌 숱한 허점 중에서도 단연 역겨웠던 것은, 그것이 잠깐이나마 아름다웠다는 점이다. 그가 진정으로 사랑했던 건 바로 그런 순간들이었다. 다소 기진맥진한 상태, 살짝 열어둔 창문 틈으로 혹여 들켜버릴까, 부끄러워하던 여자의 모습. 이리저리 흩어진 옷의 증세와 추위에 떨던 몸. 두 도망자를 안아 주던 부드러운 촉감. 서로의 몸이 빚은 굴곡이 마치 무한한 연료를 지닌 난로라도 되는 양, 꽉 부둥켜안아 버리는 것. 작게 쌔근거리는 숨소리. 시들어 말라버린 꽃, 작고 오래된 화분, 두꺼운 벽, 차가운 책.

펭귄은 가만히 누워있는 여자를 볼 때마다 이렇게 생각했다. 이렇게까지 넓은 조건으로 세상을 사랑할 줄 아는 이 여자가, 혹여 자신의 세상을 경멸하게 되는 날이 온다면, 이 세상을 구성하는 그 어떤 것도 용서하지 않겠다고. 물론 그렇다고 해서 펭귄이 특히나 뭘 더 할 수 있던 건 아니었겠지만 말이다. 그리고 그는 그런 생각을 끝마치자마자 다시 여자를 부둥켜안았고, 여자의 머리칼을 잡아 슬쩍 뒤로 당겨 여자의 고개를 열었다. 그리고는 여자의 목 왼편에 입술을 가져다 댔다. 펭귄은 그럴 때마다 작게 터져 나오던 신음, 옅은 숨소리, 혹은 제멋대로 흐르는 시간과 공간을 사랑했다.

현상들을 아주 세밀하게 파헤칠 줄 아는 사람들 뿐이 없었다면 얼마나 좋았을까. 만약에 그랬다면 말이야, 내가 이왕의 서술을 마치고도 "성관계에 미쳐 있던 것은 아닙니다! 어중간했던 공기의 무게, 땀의 향, 지친 가슴과 그 속에 꺼져가던 작은 불, 그리고 정말 어쩔 줄 모르는 서로의 손짓이 좋았던 겁니다!"라고, 자질구레한 설명을 덧붙이지 않아도 되었을 텐데. 만약 그랬다면 말이야, 나의 설명을 들은 당신이 내게 되돌렸던 그토록 치밀한 냉기; "그렇지만 결국엔, 성행위가 선행되어야지만 존재할 수 있는 것들이잖아요. 당신은 지금 변명을 하는 거죠?"라는 그 비난을 듣고도, 얼굴을 붉히며 약오르지 않을 수 있었을 텐데. 이렇게 "아닙니다, 정말로 아닙니다……"라고 중얼거릴 필요도, 자존심이 상할 일도 없었을 텐데. 언제나 그렇듯 변명을 거듭하는 일은 아주 어려운 일이니까 말이다.

펭귄이 사랑에 빠진 건 어떤 이유에서였을까. 그는 사랑이란 것을, 조금도 사랑하지 않을 것 같았는데. 누군가는 아주 잘난 척을 하면서, 우리가 사랑에 빠지는 건 상대와 내가 동일하리만치 닮아있기 때문이라고 했다. 반면에 또 다른 누군가는 말이야, 아주 잘난 척을 하면서. 우리가 사랑에 빠지는 건 상대의 모습과 나의 모습이 그렇게나 달라서, 돋아난 호기심에 끔뻑 빠져버리는 것이라던데. 그렇지만 그렇게 잘난 척을 해대던 그 둘이, 서로를 사랑할 순 없었던 것일까. 그냥 이렇게 말하기만 하면 되었을 텐데. 나와 동일한 결함을 지닌 어떤 여자가, 나와는 전혀 다른 방법으로 그것을 채우려 들던 그 모습이 아주 아름다워 보인 것이라고. 하지만 그 두 잘난척쟁이는 서로를 사랑하지 않는다. 그 둘은 매번 다툰다.

 여자는 펭귄이 직원으로 있던 술집을 간혹 들락거리던 손님 중 하나였다. 펭귄은 여자를 발견한 첫날에 홀딱 반해버렸는데, 헤헤, 얼레리 꼴레리! 물론 여자의 외모 덕분도 있었겠지만, 그의 시선을 죄다 앗아간 것은 외모보다야 여자가 지닌 교양이었다. 내가 보기에 사람들은 다들 교양에 대해 작은 오해를 하고 있는 것만 같다. 그것이 대화를 통해 드러나는 것이라고 말이다. 그치만 대화는 그것을 '드러내는 것'이 아니라 다만 종지부를 찍을 뿐이다. 진정으로 교양 있는 이들은 직접 대화를 나눠 보기도 전부터 무척이나 우아하게 움직인다. 글쎄, 이제 와서 여자의 아름다움에 대해 말하는 것이 도대체 무슨 의미가 있을까. 그것이 몇 개의 음이 쌓여 형성된 화음인지, 간혹 비집고 나오던 불협화인지, 혹은 특정 음계 몇 개가 지닌 본질적인 속성인지, 아직 알지도 못하는 터에.

그날 구석에 놓인 화면에선 하필 발생했던 비극이 거듭 송출되고 있었는데, 사람들이 떼죽음을 당하는 모습은 거의 모든 사람의 흥미를 독차지했다. 평소와는 다르게 사람들이 그 구석진 곳에 바글바글 모였다. 그 때문에 구석에서 조용히 시간을 보내고 싶어 찾아온 몇몇 결백한 이들이 아주 당혹스러워했다. 화면 앞에 모인 이들 중 대부분은 거듭 슬프다는 말을 내뱉었다. 그렇지만 정말로 슬퍼하는 사람은 단 한 명도 없었고 펭귄은 그 광경에 치를 떨었다. 여자는 구석에 몰려가지도 않고 그냥 처음 앉은 널찍한 곳에 다소곳하게 앉아있었다. 여자에게는 일행이 한 명 있었다. 그는 이래저래 영 형편없는 남자였다. 얼굴도 빠그라져 있었고, 성격은 애써 호탕한 머저리였다. 그 형편없는 남자는 미인을 홀로 내팽개쳐두고 한동안 구석으로 가 소식을 듣더니, 자리로 되돌아와 여자에게 이러쿵저러쿵 떠들어댔다. 비극에 대한 이야기는 물론이고, 그것을 책임과 정치, 심지어는 이 나라의 전통에 대해서까지 확장하여 이러쿵저러쿵 떠들어댔다.(완전히 개소리였다-!) 그러고는 자진하여 공산해 낸 분노조차도 스스로 감당해 낼 수 없다는 듯이, 한동안 씩씩거렸다. 그러고는 잠깐 멈칫하더니, 이내 아주 잠잠하고 슬픈 표정을 애써 지어 올렸다. 그리고 이렇게 덧붙였다, "저런 일이 절대로 발생해서는 안 돼. 아주 슬픈 일이야. 저들은 도대체 무슨 죄야? 완전히 개죽음이지." 그러자 여자는 얼굴을 일그러뜨리며 "뭐라구요? 그게 지금 무슨 소리예요? 당신은 지금 그 누구보다도 즐거워하고 있잖아요."라고 말했고, 그 말을 들은 펭귄의 심장이 툭 하고 떨어졌다. 이렇게 돌이켜 보니 사랑이란 것은 단순한 감정이 아니라, 오히려 진실을 들었을 때 생기는 강한 미적 충격일 수도 있겠다. 바로 이 여자가 강간당한다. 저렴한 내면이 탄로 난 이들은 냅다 도망치곤 하므로 그 형편없는 남자도 그렇게 했던 것만 같다. 그 사람은 여자에게 당신은 소름 끼치고, 또 무례하다는 말도 조금 덧붙였던 것만 같다. 형편없는 남자가 떠나간 후에 여자는 가만히 앉아 혼자서 술을 홀짝였는데, 그 광경은 정말 장관이었다. 여자는 냉소도 희망도 무력해진 넓은 공간에 덩그러니 혼자 남겨진 영웅 같았다. 진실에 빠진 펭귄은 그 여자에게 슬그머니 술잔을 건네주며 몇 마디라도 떠들어볼 심산이었지만(본래 그렇게 술집에서 일하는 이들은 간혹 멋진 손님에게 공짜 술을 주며 가벼운 희롱을 하기도 한다-), 결론부터 말하자면 그의 계획은 완전히 엉망이 되어버렸다. 어쩌면 펭귄이 너무 조심스레 행동했기 때문이었을지도 모르겠다. 그는 허공에다 턱을 괴고 어떤 술을 가져다 줘야 할까 너무 오래 고민했고(그 비싼 가격 때문에-), 너무 천천히 걸었다. 어쩌면 너무 당당하지 못한 목소리로 "저기요,"라고 말했고, 그 때문에 목소리가 삑! 갈라져 다소 민망한 상황이 연출되었다. 어쩌면 펭귄은 자신의 목소리를 큼큼, 재정돈하느라 여자의 얼굴을 너무 길게 응시했다. 혼자 남겨져 다소곳하게 앉아 있던 여자는 슬그머니 접근한 펭귄을 향해 "왜요?!"라고 너무 크게 말했고(조금 취해 있었던 모양이다-), 난데없는 심문에 당황한 펭귄은 곧장 자신의 행위를 얼버무리기 위해, "미인이라서요." 따위의, 완전히 쓰레기 같은 말을 해버렸던 것이다. 더군다나 창피함을 견디지 못하고 급하게 술잔을 내려놓은 바람에 탁! 하고 큰 소리까지 내버렸다. 그 소리는 마치 펭귄에게 이렇게 말하는 것 같았다, "한심한 녀석!" 비극에 대한 소식이 잠시 중단되어 되돌아온 옆 좌석의 뚱땡이 추녀 두 명도 "우리 것은요? 우리 것은요?! 우리가 더 많이 시켜 먹었는걸요? 더 많이 팔아준 손님에게도 주는 게 맞지 않겠어요?"라고 꽥꽥 소리를 질러 댔다. 그래서 펭귄은 하는 수 없이, 그 추녀 두 명의 것까지 더 내어 왔어야만 했다. 정말 엉망이었다. 계획에 차질이 생긴 펭귄은 계획보다 많은 지출을 하게 되어 안절부절못했는데, 아량이 넓은 사장이 그런 그의 모습을 발견하고는 몇 번 크게 웃고, 여자에게 주는 술값만큼은 받지 않기로 했다. 사장은 펭귄에게 이렇게 말했다, "이게 당연한 것이라고는 생각하지 말게," 그러자 펭귄은 이렇게 말했다. "네."

그날 이후로도 여자는 종종 찾아왔다. 펭귄과 여자는 며칠동안, 마치 서로에게 은밀한 수수께끼를 내고 맞히는 사람들처럼 행동했다. 덕분에 옆에서 지켜보는 사람들은 환장할 노릇이었다. 답답함을 이기지 못한 사장은 펭귄더러 남자답지 못한 녀석이라고 했고, 나는 펭귄에게 그렇게 행동하다간 다른 남자가 획 채 갈지도 모르는 일이라고 했다. 그런데 펭귄은 그런 말에 딱히 관심을 두지 않는 듯 보였다. 나와 사장은 그런 그의 모습을 두고 이런저런 바보 같은 토론을 벌였었는데, 그 결론에 대해 대충 말해 주자면 만약 펭귄이 거세술을 해야 할 상황이 오면, 그 수술을 진행한 의사는 수술비의 반의반 값도 받지 않아야 한다는, 뭐 그런 내용이었던 것 같다.

여자는 대개 조신하게 행동했지만, 간혹 도발적인 표정을 지을 줄도 알았던, 아주 멋진 사람이었다. 여자의 행태는 주위의 분위기를 단숨에 사로잡아 버리곤 했다. 펭귄도 그런 여자의 몸짓에 강한 호기심을 느꼈는데, 특히나 여자의 그 모습이 철저하게 계산된 행동일까 혹은 그 여자의 감각에 새겨져 있던 재능일까 궁금해했다. 여자를 대상으로 호기심을 가진 사람은 펭귄 말고도 많이 있었던 것만 같다. 본래 그렇게 조신하게 행동하면서도 간혹 도발적인 표정을 내보일 줄 아는 여자는 많은 남자들에게 환영받는다. 그런 멋진 여자를 발견한 남자들은 여자를 자신의 세상에 기꺼이 초대하려 들고, 자신에 대해서 말해주고 싶어 한다, 딱히 별 내용도 없으면서. 그런데 문제는 그 이후에 여자를 강간한 남자도 그랬다는 점이다.

여자의 강간은 오롯이 여자의 직업적 열망 때문이었다. 물론 강간의 그 어떤 책임도, 범죄의 대상으로 채택된 사람에게 있지 않다. 강간의 모든 책임은 부탁을 벗기고 성기를 집어넣은 그 정신 나간 놈에게 있다. 그런데도 펭귄은 그렇게 생각했다. 이게 중요한 것이다, 사실이 어땠건 간에, 펭귄은 그렇게 생각했다는 것-. 여자는 세상 곳곳을 돌아다니는 직업을 갖고 싶어 했다. 듣기로는 모국에서 2년을, 그리고 타국에서 2년을 계속해서 순환하며 근무하는 직업이라고 했다. 펭귄으로서는 그런 요상한 직업이 도대체 왜 필요한 것인지 이해할 수 없었지만, 여자가 설명해 주기를, 돈을 벌기 위해 타국에서 생활하는 사람들이 많아지면서 그들과 관련된 행정 업무를 처리해 주기 위해 국가기관 하나가 생겼고 그곳에서 일하는 것이라고 했다. "외교관이 나라와 나라 사이의 일을 하는 것이라면, 저희(아직 그 직업을 갖기도 전이었지만. 여자는 그렇게 '저희'라고, 본인을 포함하여 지칭하고는 했다-)는 사람과 나라 사이의 일을 해주는 것이지요. 몸이 멀리 떨어져 있어도, 누군가는 국가의 도움이 필요하지 않겠어요?" 여자가 말했다. 펭귄은 그 말을 듣고는, "그렇네."라고 대꾸했다.

여자의 직업적 배경에 대해서 조금 더 말을 해보자면, 여자는 그 일을 너무나도 갖고 싶어 했던 나머지 그것에 대해 말할 때마다 마치 어린아이처럼 행동하곤 했다. 그 왜, 그런 것 있지 않은가, 목소리는 반음 정도 높아지고, 겨드랑이가 자유로워진 것이었는지 두 팔을 활짝 펴 폴짝 뛰고, 미처 주위를 살피지 못해 장식 몇 개를 떨어뜨리고. 펭귄은 그렇게 떨어져 깨진 몇 개의 물건을 사랑했다. 여자는 이런 말을 하기도 했다, "그거 알아요? 우린 좀처럼 결혼하지 못한대요." 그러면 펭귄은 몇 번이고 들어본 얘기였음에도 처음 들어본 사람처럼, 화들짝 놀라며 이렇게 말했다, "그래? 그게 사실이야?" 그러면 여자는 이렇게 말했다, "네. 우리는 세상을 돌아다니잖아요. 그래서 다들, 결혼 상대로는 적합하지 않다고 판단한대요. 2년은 떨어져 있기에 너무 긴 시간이에요, 펭귄. 그래서 상대가 우리를 평생 따라다니거나, 아니면 우리가 직장을 포기하고 눌러앉아야 해요." 여자는 잠깐 생각에 잠기더니 이렇게 계속했다, "그렇지만 저는 제 직장을 그만두고 눌러앉기 싫단 말이에요. 그만둘 것이었으면 시작도 안 했을 거에요. 저는 세상을 돌아다니고 싶다구요." 그러면 펭귄은 이렇게 말했다, "왜?" 그러면 여자는 이렇게 대꾸했다, "당신은 궁금하지 않아요? 다른 장소는 얼마나 근사할지, 다른 곳의 사람들은 또 얼마나 다를지. 상상해 봐요, 펭귄. 당신 상상 잘하잖아요. 아무 음식이나 집어 먹어도 되는 식당에 갔다고 생각해 봐요. 맛난 것들이 근사하게 차려져서 당신을 기다리고 있어요. 그런데 당신은 딱 한 개만 집어먹고 그곳을 나가버리는 거예요. 아깝지 않아요? 저건 어떤 맛일지, 또 저건 어떤 맛일지 궁금하잖아요." 그러면 펭귄이 그 말에 동의했다. 그러면 여자는 잠깐 정적을 이끌다가 다시 결혼에 관한 이야기로 되돌아왔다, "우리를 결혼 상대로는 불안정하다고 생각하는 것 같아요. 자칫 2년씩 떨어져 있게 되거나, 2년마다 우리를 따라서 터전을 옮겨야만 하니까요. 그래서 다들, 연애를 할 적에는 어디든 따라가겠다는 둥, 무슨 일이 있어도 이겨낼 수 있다는 둥 말하다가 정말 결혼에 관한 얘기가 깊게 진행되면 곧장 떠나 버린대요." 하기야, 결혼이란 것이 가장 숭고한 형태의 매춘이 되어 버린 지도 꽤 오래된 터에. 꽤 많은 사람이 사랑하여 결혼하는 것이 아니라, 결혼하기 위해 사랑한다. 히히, 바보들. 그 둘은 완전히 다른 건데 말이야.

여자가 갑작스레 개구쟁이 같은 표정을 지으며 이

렇게 물었다. "그런데, 그러면 어떻게 되는 줄 알아요?" 펭귄은 고개를 저었다. 여자는 조롱적이면서 또 동시에 다정한 목소리로 이렇게 말했다, "우리 중 다수가, 거절당하기 전에 먼저 선수를 쳐버린대요! 그리곤 같은 직장을 가진 동료 중에 가장 괜찮은 사람 하나를 골라 재빨리 결혼해 버린대요. 첫 파견 근무를 떠나기 전에 서둘러서 말이에요." 여자가 조금 낄낄거렸다. 펭귄도 그렇게 했다. 여자는 이렇게 말했다, "웃기지 않아요? 그렇지만 합당하기도 한 일이랍니다. 저는 그렇게 하는 사람이 한심하다고 생각하지만, 그렇다고 해서 그들을 전혀 이해하지 못하는 건 아니랍니다. 다들 내면의 상황이 다르잖아요." 그러면 펭귄은 이렇게 말했다, "맞아," 그러면 여자는 펭귄에게 이렇게 말했다, "당신은 저와 함께 가 줄 거지요?" 그러면 펭귄은 이렇게 말했다, "그럼." 그러면 여자는 이렇게 말했다, "그러면, 펭귄. 세상을 떠돌아다니면서도 할 수 있는 직업을 조금씩 생각해 놓는 건 어때요? 물론 당신이 지금 하는 일도 멋지지만 말이에요. 잠시만 할 생각으로 구한 것인데 꽤 재미나서 계속하고 있는 것이라고 했잖아요." 그러면 펭귄은 이렇게 말했다, "생각 중인 게 있어. 그렇지만 잘 될지는 모르겠는걸. 어엿해질 때까지 꽤 긴 시간이 걸릴지도 모르고 말이야." 그러면 여자는 이렇게 물었다. "어떤 건데요?"

여자는 타국으로 떠날 작은 기회가 생길 때마다 놓치지 않았다. 평소보다 저렴한 이동 수단을 발견했을 때라던가, 어느 단체에서 경제적인 부분을 몽땅 지원해 주는 교육이 해외에서 진행되었을 때, 혹은 평소보다 긴 휴일이 찾아왔을 때마다 여자는 그동안 모아 두었던 돈을 조금 털어 바다를 넘었다. 그 모습은 마치 재빠르게 뛰어다니기 위해 천천히 걸음마를 연습하는 당돌한 아이 같았다. 아무렴 해외에 나가본 적이 더 많은 사람이 그렇지 않은 사람보다야 그 직업에 잘 적응할 터였다. 펭귄과 여자는 결혼하지 않았음에도 꽤 긴 기간 동안 같이 살고 있었는데, 여자는 반나체 차림으로 큰 가방에 여러 벌의 옷과 물건들을 넣으며, 들뜬 목소리로 이후에 펼쳐질 멋진 여행에 대해 열심히 종알대곤 했다. 그곳에는 어떤 건물이 있는지, 그 사람들의 성격은 어떤지, 그곳의 음식과 도로는 어떤지. 침대에 가만히 누워 그 상기를 듣던 펭귄은, 몸을 일으키며 "같이 할까?"라고 말하곤 했다. 그러면 여자는 휙휙, 마치 멋진 던지기 선수처럼 몇 개의 옷가지를 챙겨 펭귄에게 던져 주기도 했다. 그러면 펭귄은 그것들을 날렵하게 공중에서 낚아채어 다소곳하게 개고, 가방에 넣었다. 여자가 바다를 넘을수록 펭귄의 정리 능력도 좋아졌다. 그리고 펭귄은 그런 자기 모습을 꽤 자랑스러워했다. 가방을 챙기는 일이 거의 마무리될 때쯤 펭귄은 여자에게 핀잔을 주듯이, 양어깨를 잡으며 이렇게 말하기도 했다, "조심해야 해, 조심해야 해. 이 세상의 어떤 사람들은 말이야, 아주 형편이 없어서. 비행이라는 것이 마치 면벌부라도 되는 양 멍청한 행동을 한다는 말이야. 고작 국경을 몇 개

넘어갔다고 해서, 그간 자신을 옭아매던 온갖 법률과 윤리, 그리고 신뢰를 죄다 무시해도 아무 문제 없다는 듯이 행동하고는 한단 말이야." 그러면 여자는 그의 우려를 향해 환하게 웃어 보이고는, 이렇게 말했다. "저도 알아요, 저도 알아요. 그렇지만 당신이 생각하는 것만큼 그렇게 나쁜 사람들은, 그리 많지 않답니다."

'저도 알아요, 저도 알아요.' 펭귄이 그 당시를 회상하며 손을 방실방실 돌리더니, 이내 웃음을 터뜨렸다.

3장.

 여자는 아무것도 모르고 있었다. 여자는 그녀가 여덟 번째로 타국에 나갔을 적에 강간당했다. 펭귄은 아주 값간 통화로 그 사실을 들었다. 여자는 자진하여 그 일에 대한 전반적인 상황을 말해줬다. 그곳의 언어와 시세가 모국의 그것들과는 전혀 달랐기 때문에 몇몇 이방인들과 합심하여 작은 세력을 형성하고, 거주 공간을 마련하여 집세를 나눠 내곤 했다는 점. 따지고 보면 여자는 충분히, 혼자서 지내는 집을 구할 수도 있었다는 점. 그렇지만 여자는 펭귄이 자신을 만나러 와 주기를 그토록 바라고 있었고, 그곳에서 펭귄과 즐거운 여행을 하고 싶어 했다는 점. 그리고 바로 그랬기 때문에 돈이 꽤 많이 필요했다는 점. 펭귄의 경제적 상황은 그리 좋지 않았고, 그가 여자를 방문하여 잠깐이라도 함께 시간을 보내기 위해선 펭귄은 물론 여자까지 돈을 아껴 보태 주었어야만 했었다는 점. 그래서 여자는 하는 수 없이, 혼자서 지내는 그 안락과 안전을 죄다 포기하고 다른 사람들과 거주 공간을 공유할 수밖에 없었다는 점. 그리고 그곳에서 특히나 친밀해진, 성격이 아주 좋고 대화도 잘 통하는 또래 여성이 있었다는 점. 더군다나 그 여성의 애인도 종종 그 집에 들락거리곤 했기 때문에 그 남자와 몇 번이고 살가운 인사를 주고받고는 했다는 점. 특히나 친밀해진 그 여성의 성격이 아주 좋았기 때문에 그 남자도 다름없을 것이라 섣불리 판단했다는 점. 집을 무대 삼아 술을 마시고 노래를 부르는 즐거운 시간이 간혹 펼쳐지기도 했다는 점. 모두가 만취하고 노래를 부를 적에, 여자 먼저 그들에게 짧은 작별을 고하고 잠을 청했다는 것만 빼면 평소와 조금의 다름도 없었다는 점. 아뿔싸 깜빡하고 잠기지 않은 문, 슬그머니 문을 열고 들어온 남자, 그리고 마침내!

 소식을 전해줄 적 여자의 목소리는 아주 많이 떨렸고 또 위태로웠다. 그간의 기술적 발전을 뒤로하고서라도 비극이 바다를 넘나들기란 아직도 힘겨운 일이었던 모양이다.

 당신이 누군가의 자백을 들어본 적이 있는지는, 솔직히 잘 모르겠다. 그 많고 많은 종류의 자백 중에서도 특히나, 자신이 겪은 고통스러운 일에 대해서 고백하는 자백을 말이다. 스스로의 고통에 대해 말하는 자백들은 아주 신기한 역할을 해내는데, 놀라웡! 그것은 사실-관철 대상으로서의 세계를 아주 작은 크기로 소분하는 것이다. 당신 또한 이미 잘 알고 있겠지만서도, 칭찬받아 마땅한 자백은 패씸한 함구만큼이나 철저하게 검토되어야만 한다. 그것이야말로 '사실'을 순진한 타자로서 맞닥뜨린 우리가 다해야만 하는 윤리적 사명이다. 그렇지만 스스로의 고통에 대한 모든 자백; 달리 요청받은 적도 없었으면서도 자진하여 뱉어진 모든 자백은 자신을 향한 질문들을 애초부터 거부한다. 이러한 부류의 자백은 상대의 부수적인 질문을 원천에 차단하면서 진위 검토와 관련된 모든 책임과 규범으로부터 자신을 해방한다. 말하자면 그러한 자백들은 무책임하다. 말하자면 그러한 자백들은 불법적으로 자유롭다. 말하자면 그러한 자백들은, "제가 솔직하게 할 말이 있어요."라는 말과 "솔직하게 말해주었으니 더 이상 묻지 말아요."라는 말을 동시에 하고 있다.

여자는 펭귄에게 전반적인 상황 설명을 죄다 해주었지만, 펭귄의 처지에서 보았을 때만큼은 아직 해명되어야 할 것들이 아주 많이 남아있었다. 솔직하게 말하면, 펭귄이 여자에게서 듣고 싶었던 것은 그 상황에 대한 설명이 전혀 아니었다. 이미 일어난 숨막히는 일에 대한 설명이 뭐 그리 중요하다고. 그 설명을 죄다 들었다고 해서 그 더러운 일이 말끔하게 사라져 버리는 것도 아니었을 텐데. 본래 수정할 수 없는 사건들에 한하여 자초지종이란 것은 모쪼록 쓸모가 없다. 이미 일어난 일이 애초부터 없었던 일이 될 리는 없으니까. 펭귄이 진정으로 궁금했던 것은 오히려 그의 내면에 자리하고 있던 그 불쾌한 상상, 그의 깊숙한 곳에 뿌리를 내리고 자리를 잡은 그 더러운 질문들에 대한 대답이었다. 그 남자의 외모는 어땠는지. 당시에 당신은, 얼마나 관능적인 옷을 입고 있었던 것인지. 막상 관계가 펼쳐질 적에는 혹여 동물적인 쾌락을 느꼈던 것은 아닌지. 터져 나왔던 당신의 신음이, 과연 고통만을 담지하고 있던 것인지. 그리고 그 일이 펼쳐지고 나서 했던 당신의 대응이 어째서 그렇게 하나같이 현명하고 신속할 수 있었던 것인지. 사실, 당신도 그런 일이 펼쳐질 것이란 걸 이미 알고 있었던 것은 아닌지. 그리고 과연 그랬다면, 어째서 그 비극을 막지 않았던 것인지. 문을 걸어 잠그지 않았던 것이 혹여 당신의 은밀한 의도였던 건 아니었는지. 실은 목 빠져라 강간을 기다렸던 것은 아니었는지. 당신이 먼 예전, 이 세상 바람둥이들에 대해서 했던 그 따뜻한 설득; "제가 그 사람들을 이해하지 못하는 건 아니에요. 이 세상의 누군가는, 남은 평생 오직 한 사람이랑만 관계를 맺고 싶지는 않을지도 모르잖아요? 다른 사람과의 성관계를, 충분히 궁금해할 수 있다는 말이에요. 그런데 제가 이렇게 말했다고 해서 제가 바람을 피우겠다거나, 당신이 바람을 피워도 곧장 용서해 주겠다는 말은 아니지만요."라던 그 말이, 다른 의미를 발랄하게 숨기고 있던 것은 아닌지.

물론 펭귄은 자신이 가지고 있던 그 질문들에 대한 대답이, "아니요? 지금 나랑 장난하는 거예요? 지금 도대체 무슨 소리를 하는 거예요!"가 될 것이라는 사실을 잘 알고 있었다. 그렇지만 그 대답을 자명하게 예상하는 것과 직접 육성으로 듣는 것은 완전히 다른 일이다. 펭귄은 그냥 그 대답을 직접 들고 싶어 했다. 대답할 적의 여자가 짐짓 아슬아슬할 지언정 말이다.

 아울러 강간에 대한 사람들의 모든 관심은 강간범과 강간 피해자에 대한 것으로 그 범위가 제한된다. 사람들은 강간을 한 놈과 당한 놈, 그 둘에 대한 정보에 아주 환장을 한다. 솔직히 말하면 싹 다 정신병자들 같다. 그렇지만 때로 세상은 내가 결코 이해할 수 없는 몰상식과 더더욱 이해할 수 없는 사람들의 반응 협응으로 존재한다. 강간을 저지른 그 나쁜 놈이 과연 어떤 생김새를 가진 녀석인지, 어떤 성격을 가지고 있었고 또 평소에는 어떤 행동을 내보이던 놈이었는지. 그리고 그놈이 잡혀 들어가, 과연 얼마 동안 갇혀 있게 될 것인지. 구형은 몇 년이고 판결은 몇 년인지. 혹여 유예는 몇 년이고 다음번의 강간은 또 몇 년 후에 펼쳐질 것인지. 만약에 그 나쁜 놈이 아주 추악한 외모를 가지고 있었다면, 더 좋다. 그 악랄한 놈이 가만히 앉아 신의 판단에 굴복하여 수긍하고 받아들이는 것보다는, 앞에선 반성하네 어쩌네 떠들어대다 뒤에선 아주 찬란한 욕을 하고, 비싼 변호인을 구매했다는 소문이 돌면 훨씬 더 좋다. 그놈이 평소 더러운 성격을 가지고 있었거나 가끔 욱하여 물건을 집어 던지는 성질머리였다면, 더 좋다. 아니 오히려 아주 착한 성격을 가지고 있었거나 가끔 사람들을 아무 조건 없이 도와줄 줄 아는 성질머리였다면, 더 좋다. 아, 아니지. 어쩌면 이마저도 아니었을지도 모른다. 그냥 사람들은 그의 평소 모습에 대한 이야기에 좋아 죽는다. 착한 성격이었건, 나쁜 성격이었건, 좋은 외모를 가지고 있었건 추악한 외모를 가지고 있었건 간에 말이다. 그리고 그 철없는 여자. 그 여자가 과연 어떤 표정으로 성기를 맞이했던 것인지. 그 여자의 외모는 얼마나 괜찮았는지. 혹여 여자가 꽤 미인인 편에 속하기라도 하면 아주 큰 일이 난다. 웬 머저리 하나가 작은 숨소리로, 이렇게 말하기 때문이다, "그 자식이 부러울 지경인걸?" 게다가 그 가엾은 여자가 알고 보니 꽤 잘나가는 향수를 뿌린 것은 아니었는지, 그렇다면 그 향수의 상표는 무엇이고 가격은 얼마인지. 그 향수를 뿌린 사람이 여자가 아니라 강간범이었다면, 그것이 강간이 아니라 사랑이 될 수는 없었던 것인지. 구형과 판결을 들은 그 여자가 과연 어떤 울상으로 안타까워했는지. 혹여 피식 웃어버렸던 것은 아닌지. 알고 보니 그 여자가, 남자 위에 똬리를 틀던 새침한 뱀이었던 건 또 아닌지. 강간을 당한 여자에 관해서는 딱히 더 좋은 것이랄 게 없다. 그 여자는 그냥 강간을 당했고, 사람들은 궁금해한다. 얼굴을 내걸지 않은 인간들의 궁금증은 정말 역겨울 정도로 창의적이기 때문에 그들은 심지어 그 날에, 여자가 얼마나 짧고 관능적인 옷을 입고 있었던 것인지 궁금해하기도 한다. 반면에 강간의 바로 옆, 그곳에 앉아 구경을 한 사람의 내면이 어떻게 흘러갔는지에 대해서는 그 누구도 관심 두지 않는다. 그것은 전혀 중요하지 않은 정보이기 때문이다. 중요한 것은 여자의 외모와 강간범의 성격이다. 펭권은 자신이 지니고 있던 물음들을 마음속 깊은 곳으로 치워버렸다. 히히, 본래 이 세상의 어떤 호기심들은 불에 타죽어 길바닥에 널브러져 있는 주검들만큼이나 걸리적거린다. 그것은 우선 눈에 띄지 않는 한편으로 서둘러 치워지는 것으로 자신의 존재에 스스로 가치를 부여한다. 이곳저곳에 널브러져 썩어가는 것이건 혹은 다소곳하게 켜켜이 썩어가는 것이건 둘 다 똑같은 방치이기는 하다. 하지만 쌓여 있는 장소가 어떤지에 따라서 그렇게나 달라질 수 있다. 정말이지 신기한 일이야-!

4장.

 다른 나라의 언어로 상황을 설명해 내는 일은 아주 어렵다. 그렇지만 여자는 그럴듯하게 해냈다. 여자는 강간을 당한 이후로 적확한 대응을 했다. 아무짝에도 쓸모가 없어 보이던 몇 개의 교육(예컨대 성범죄 대응에 관한 교육-)이 기억력과 순발력이 좋은 이들, 달리 말하면 현명한 이들에만 꽤나 큰 도움을 주고는 하는데, 여자의 경우가 딱 그랬던 것이다. 여자가 행한 대응의 속도와 정확성만 놓고 보았을 적에는 이 세상 모두에게 박수를 받을 만한 수준이었다. 그렇지만 지나치게 탁월한 개인의 솜씨는 간혹 집단의 의심을 불러일으키고는 하는 것만 같다. 그

행태가 너무나도 영웅적이었기 때문에, 집단이 되어 버린 개인의 낮은 지능으로는 도무지 이해할 수 없기 때문이다. 여자와 마주한 경찰(경찰이 아닐 수도 있다, 여자가 어디에 신고를 한 것인지는 듣지 못했다. 듣기로는 외국인을 대상으로 한 강간만 취급하는 특수한 곳이 있다고 하던데, 그곳에서 근무하는 사람이 경찰인지, 공무원인지, 아니면 그냥 그저 그런 직원이었는지 혹은 자원봉사자였는지 확실하지 않다.) 이 내뱉은 첫마디는 이러했다, "지나칠 정도로 침착하시네요?" 그러자 여자는 이렇게 되받아쳤다, "칭찬 아니죠?"

펭귄이 그 모습을 직접 목격한 것은 아니지만, 아주 당돌한 모습이었다. 그런데 여자가 그렇게 되받아쳤다고 해서, 그녀의 마음이 아무런 상처도 없이 말짱했던 것은 아니다. 본래 모든 당돌함은 온갖 종류의 부끄러움과 수치스러움과 별반 다르지 않다, 내면 깊숙한 어딘가에 커다란 상처를 남긴다는 점에서만 보았을 적에는 말이다. 여자는 한동안 그 집단을 향해, "아니요, 저는 그렇게 약삭빠른 사람이 아니랍니다. 돈 때문에 거짓말을 하는 사람이 아니랍니다. 즐거운 성관계 후에 몇 푼이라도 더 뜯어보려고 상대를 고발하는, 그런 약삭빠른 사람이 아니랍니다! 제게는 돈보다 중요한 게 있다구요!"라고 말하고 다녔어야만 했다. 그러자 그 경찰(말했듯이,)은 이렇게 말했다, "돈이 중요하지 않다고요? 그런데 그렇게 말하는 사람치고는, 전혀 부유하지 않으시네요. 자존심이 상해서 거짓말을 하는 건 아니죠? 원래 그런 말을 하는 사람들은 돈이 차고 넘치도록 있는 사람들이란 말입니다. 듣고 보니 집도 다른 사람들과 함께 사는 곳이던데, 그건 당신이 그리 풍족하지 않아서 그렇게 한 것 아닌가요? 일반적으로 그런 사람들은 돈을 최우선으로 생각하고는 한다던데, 지금 제게 거짓말을 하는 건 아니죠? 아니, 그리고 그렇게 바글바글한 곳에서는 이런 일이 자주 발생한다는 걸 알지 못했던 건가요? 내가 당신을 어떻게 믿을 수 있죠? 때로는 그것을 노리고 그런 곳만 찾아 들어가는, 그런 괘씸한 걸레짝 같은 여자들도 있단 말입니다." 그 말을 들은 여자는 아주 슬퍼했다. 여자는 그 사람을 향해, "알고는 있었지만……. 그런 일이 제게 일어나지는 않을 거라고 믿었어요."라고 반복해서 말했어야만 했다. 당연하게도 여자의 해명이 통할 리 없었다. 그 사람은 여자를 향해 훨씬 더 의심스러운 눈초리를 보내기 일쑤였고, 그러면 여자는 "아니라니까요……. 저를 믿어주세요, 정말로 아니라니까요,"라고 작게 중얼거려야만 했다. 그러한 행위는 안 그래도 겨우 세상을 헤쳐 나가고 있던 여자에게 또 다른 아픔을 선사했다.

판결로서 내려진 처우도 썩 마음에 들지 않았다. 아마 경찰(말했듯이,)로서는 외국인 둘 사이에서 일어난 일이라서 더 그랬던 것만 같은데, 그들의 결옥은 그냥 그 둘을 같은 공간에 있지 않게 하는 것으로 모든 상황을 종결시키는 것이었다. 이와 관련해서 여자는 이렇게 말했다, "흔한 일이래요. 외국인끼리 이런 일이 발생하는 것 말이에요. 물론 빈번하다고 해서 그 죄가 가벼워지는 건 아니지만요, 워낙 많이 발생하다 보니 다들 귀찮아해요. 그리고 그 귀찮음이, 죄를 가볍게 만드는 것이지요. 게다가 정식적인 판결을 내리기까지는 아주 오랜 시간이 걸린대요. 거의 일 년은 기다려야 한다는 거 있죠? 그렇지만 저는 몇 달 후에 되돌아가야만 했단 말이에요. 그 나쁜 사람도 마찬가지였구요." 펭귄은 여자가, 그 강간범 놈을 '사람'이라고 칭하는 것에 큰 불쾌감을 느꼈다. 그런 짓을 하는 사람은, 사람이 아니라 그저 사람처럼 생긴 이종의 생명체에 가깝지 않은가. 그렇지만 펭귄은 여자의 말을 딱히 문제 삼지 않았다. 그가 그 부분을 문제 삼으며 "사람이라고 칭하지 말아 주겠어?"라고 말하기라도 한다면, 여자가 더욱 마음 아파할 것 같았기 때문이다. 더군다나 여자가 그 요청을 냉큼 들어주기라도 하면 더더욱 큰일이 날 것이다. 그 강간범을 사람이라고 칭하지 않으면, 여자는 강간과 수간을 동시에 겪은 불행한 사람이 되어 버리니까. 그렇지만 여자는 이미 충분히 불행했다. 펭귄이 그렇게까지 여자를 더 불행하게 만들기 위해 애쓸 필요는 전혀 없다. 그래서 그냥 가만히 있었다. 여자는 조금 더 고민을 하더니, 이렇게 덧붙였다, "그래도 처음에는, 최악은 아니었어요. 그 사람들 말이에요. 아주 짧은 시간이었기는 해도, 그 사람들이 저를 보살펴 주고 있다는 기분이 들기도 했어요. 제게 아주 많은 것들을 물어봤고, 제가 대답하면 그것을 죄다 기록해 주었지요. 그런데 제 귀국 날짜를 전해 듣자마자 모든 게 달라졌어요. 물론 그 이후로도 이런저런 질문은 계속되었답니다. 그렇지만 더 이상 제 대답을 받아 적지는 않았어요. 정식적인 판결이 있기도 전에 제가 되돌아간다는 사실 앞에서는, 제 대답이 하나도 중요하지 않았나 봐요. 그래서 저는 이런 기분까지 느끼게 된 거예요, 제가 당한 이 일이, 저를 밑바닥까지 떨어뜨린 바로 이 일이, 다른 사람 눈에는 그냥 귀찮은 일일 뿐인 거예요. 그 사람들의 입장에서는 조금만 기다리면 애초에 일어나지도 않았던 일이 될 수 있는데, 관련해서 이런저런 일을 하기가 싫은 거죠."

 이건 지극히 개인적인 의견이지만, 도울 자격도 없는 이들이 무턱대고 남을 돕겠답시고 설치면 바로 이런 일이 발생하는 것이다. 비극을 보듬는 직업을 가진 이들은 그 일을 한 번쯤 직접 겪어보는 것이 좋다. 아, 그렇지. 그것이야말로 자격이다. 나는 그들이 그런 일을 한 번씩 직접 겪었으면 좋겠다, 그래야만 온 맘을 다할 수 있으니까. 불을 끄는 직업을 가지고 있는 사람들은 불에 한 번쯤 타죽어 버렸으면 좋겠다. 칼을 휘두르는 사람을 잡아 가두는 직업을 가진 이들은 한 번쯤 칼에 찔려 죽어 버렸으면 좋겠다. 치명적인 병균을 없애는 이들은 직접 그 병에 걸려 죽어 버렸으면 좋겠다. 강간을 당한 여자를 도와주는 이들은 직접 강간당해 버렸으면 좋겠다. 그야, 말했듯이 그래야만 온 맘을 다할 수 있으니까. 어디까지나 개인적인 의견이다.

그렇지만 여자를 도와주겠답시고 의기양양하게 나타난 그들은 그런 일을 직접 겪어본 적이 없었고, 결과적으로 그들의 귀찮음은 아주 이상한 상황을 연출시켰다. 여자가 먼저 그 강간범을 발견하기라도 하면, 강간범이 아니라 여자가 그 자리를 떠야만 했던 것이다. 둘 중에서 누가 가해자였고 누가 피해자였는지는 전혀 상관없었다. 그냥 먼저 발견한 사람이 그곳을 서둘러 벗어나기만 하면 되는 것이었다. 누가 강간범이고 누가 강간 피해자인지는 둘째 문제였다. 첫째 문제는 그냥 그 둘이 같은 공간에 있으면 안 되는 것이었다. 강간범으로부터 자신을 보호해야 했음과 동시에 자신이 약삭빠른 사람이 아니었다는 사실도 증명해 내야만 했던 여자는 마치 먼지 한 톨을 찾는 결벽증 환자마냥, 주위를 계속 두리번거렸어야만 했다. 혹여 같은 공간에 그 나쁜 놈이 있었는데도 차마 발견하지 못하여 계속 머물렀다면 경찰(말했듯이,)이 이렇게 물을 것이 뻔했기 때문이다, "거 봐요, 당신은 아무렇지도 않죠? 우리에게는 무슨 큰일이라도 당한 것마냥 말했으면서. 그때, 당신은 거짓말을 한 거죠? 만약 당신의 신고가 진실이었다면 당신은 두려움에 떨고 있어야만 해요. 그런데 왜 두려움에 떨지도 않고, 그렇게 용감하게 행동할 수 있는 거죠? 물론 그 정도로 용감한 사람이 아예 없는 건 아니지만, 나는 아직 한 번도 만나본 적이 없지. 그러니 당신도 그렇게 용감한 사람 중 하나는 아닐 거야. 아, 그렇지. 그렇고말고. 그렇게 용감한 사람들은 당신처럼 예의 바른 눈빛을 가지고 있지도 않다고. 당신은 어떻게, 당신이 강간범이라 주장한 그 사람과 아무렇지도 않은 듯이 같은 공간에 있을 수 있었던 거죠?" 그러면 여자는 이렇게 대답할 것이다. "아니요, 아니요! 저는 저 사람이 여기 있는 줄 몰랐단 말이에요! 그리고 내가 왜 그래야 하죠? 저는 강간을 한 사람이 아니라 당한 사람이라구요!" 그러면 억눌러온 감정이 터져버릴 것이다. 이제 여자는 울부짖을 것이다, "제가 왜 초조해야 하죠? 당신들은 저를 보호해야만 하는 것 아난가요?" 그러면 경찰(말했듯이,)은 이렇게 꾸짖을 것이다. "헛소리! 나는 그 누구도 보호하지 않아. 나는 체포하고 으스댈 뿐이야. 저 사람이 여기 있는 줄 몰랐다고? 거짓말치시네! 내가 이 일을 얼마나 오래 했는데 말이야. 내게는 육감이란 게 있다고! 실험과 관찰로는 결코 설명될 수 없는, 신이 주신 감각이란 게 있단 말이야. 그 감각은 언제나 진실을 보게 해주지. 더러운 년, 너는 지금 거짓말을 하고 있어."

히히. 여자는 그곳에서의 분투가 더 이상 아무런 진전도 끌어내지 못할 것이라는 판단을 하자마자 귀국했다. 강간이 있고도 한 달 정도가 지난 뒤였다. 강간을 한 놈은 그토록 악랄한 짓을 했음에도 생활이 전혀 변하지 않았다. 심지어는 그의 주변인들이, 그는 평소 성실하고 착하게 살아왔기 때문에 그런 나쁜 일은 결코 하지 않았을 것이라던 의견을 모아 어딘가에 제출했고, 그것이 인정되었다고 했다. 평소 아주 사뿐거리는 행동만을 일삼던 여자였지만, 그 소식을 들었을 때는 비통을 참지 못하고 손에 잡히는 것을 집어 던져 깨 버리고선 이불속으로 도망쳐 엉엉 울었다. 세상은 정말 엉망이다. 한동안 펭귄은 여자가 어지럽힌 집안을 치우고 여자를 달래 주느라 큰 공을 들였어야만 했다. 반면에 그 강간범 놈이 그 짓을 하고 나서 무너진 유일한 것은 이미 곪아버린 지 오래였던 그 작은 윤리성에, 티도 않는 자그마한 상처가 추가된 것뿐이었다.

물론 그렇다, 악은 선보다 잘 싸운다. 그 둘이 싸우면 이기는 쪽은 악의 쪽이다. 그렇지만 어떠한 현상이 반복적으로 나타난다는 것과 그 현상에 익숙해져야만 한다는 것은 완전히 다른 얘기다. 놀랍지만 이 못된 세상에는 반복적으로 나타나면서 익숙해져선 안 되는 현상이 있다. 악이 선을 이기는 현상도 그중의 하나인 것만 같다. 누군가는 악행에 상처받고 고통에 빠진 채로 영원토록 헤어 나오지 못해야만 한다. 그래야만 인간들이 선을 잊지 않을 수 있기 때문이다. 모두가 악을 신봉해서는 안 되는 것이니, 어떤 불쌍한 누군가는 죽을 때까지 선을 부르짖어야만 한다. 그리고 내가 보았을 적에는 바로 이것이야말로 선이 행하는 유일한 악행이다, 악에 상처 입은 이들로 하여금 자신을 부르짖게 만들어버리는 것-. 구태여 그렇게 할 필요가 있었을까? 그렇지만 그것은 다른 방법을 전혀 알지 못한다. 그것은 게으르다, 스스로에 대한 성찰과 고민을, 악이 그러는 것만큼 꾸준하게 하지 않는다. 그것은 재고하는 행위가 어떤 가치를 갖는지 조금도 이해하지 못한다. 선은 고통에 잠긴 이에게 다가가 그의 머리를 한 번 쓰다듬고는, 악행이 깊게 낸 상처에 손가락을 넣고 비집는다. 찢어지는 고통에 울음을 터뜨리는 모습을 구경하던 그 표정이 아주 가관이었다. 선은 히죽히죽 웃고 있다. 선은 아무 말도 꺼내지 않았지만, 마치 이렇게 말하는 것 같았다, "아이, 참. 귀여워라. 이제는 네가 나의 생활을 책임져 주겠니? 길

어봐야 몇 년뿐이겠지만 말이야! 그러다 네가 쓸모가 없어지면, 곧장 다른 녀석을 찾아 나서겠어."

펭귄은 여자가 귀국하고 나서도 이틀이나 더 지난 후에야 만날 수 있었다. 그런데 솔직히 말하면, 펭귄은 그 여자를 다시는 볼 수 없을지도 모른다는 생각을 잠깐 했었다. 그, 왜. 듣기로는 아주 큰 일을 당한 사람은 간혹 스스로 굴을 만들고 그 안에 콕 하고 숨어 버리곤 한다던데. 펭귄은 여자도 그렇게 행동할까 봐 아주 불안했던 것이다. 다행히 펭귄은 여자가 강간을 당하고도 한 달 정도가 지나고, 또 이틀이 더 지난 후에 여자를 만날 수 있었다. 반가운 감정은 서로를 포옹하게 한다. 눈물을 펑펑 쏟게 만들진 않는 것 같다. 그렇지만 적어도, 세 번째 입맞춤을 나눌 적에 눈의 한쪽 모서리를 스윽 건드리게 한다. 물론 그렇다, 요새 들어서는 기술이란 것이 꽤 좋아져 재회는 도통 큰 감정적 동요를 끌어내지 못한다. 그 기술이란 것이, 몸이 얼마나 떨어져 있건 틈틈이 소식을 주고받을 수 있게 만들어 주었기 때문이다. 그랬기 때문에 그 둘의 재회는 딱 요새 들어서 펼쳐지던 재회 정도의 감동을 끌어냈다, 말하자면 아주 진부한 감동 말이다. 그런데 사랑이 갖는 유일한 가치는 바로 여기에 있다. 그리 특별하지도 않은 사람 둘이 만나, 서로를 그렇게까지 특별한 존재라 반복적으로 착각해 대는 것-.

펭귄은 여자에게 잘 다녀왔느냐고 묻지 않았다. 실제로 재미나게 다녀오진 못했기 때문이다. 예상보다 빠른 귀국, 그것은 출국 전부터 잔뜩 세워 놓은 재미난 계획을 전부 망쳐버렸다. 세상에 대한 실망. 그것은 여자를, 마치 손끝에 병균을 잔뜩 묻히고 이곳저곳을 배회하는 사람처럼 만들어버렸다. 여자가 정말로 이리저리 돌아다녔다는 건 아니다. 여자는 가끔 방에 콕 처박혀 있었고 가끔 외출했다. 방금 건 그냥 비유였다. 그 사건 덕에 그 어떤 평온함에도 발을 붙이지 못했다는 뜻이다. 그렇지만 여자는 또 동시에, 마치 아무 일도 없었던 것처럼 행동했다. 여자가 그렇게 행동했기 때문에 펭귄도 그렇게 했다. 정말로 아무 일도 없었다면, 그렇게 행동할 필요가 전혀 없었을 텐데. 그런데도 그 둘은 그냥 그렇게 행동했다. 꽤 재미난 일이었다. 여자가 엉망이었던 만큼 펭귄도 아주 엉망이었다. 펭귄은 그 일이 머릿속에 떠오르기라도 하면 아무도 없는 곳(주로 화장실이었다-)으로 가 구토했다. 사랑이란 것이 지닌 숱한 허점 중에서 단연 역겨웠던 것은 그것이 제 아무리 초월적인 척을 해대어도 결국에는 서로에 대한 성적 헌신을 중대한 조건으로 삼고 있다는 점이다. 여자와 펭귄, 그 둘을 매끄럽게 넣고 조이던 그 헌신은 사라졌다. 그것이 자연스레 증발한 것이건 다른 나쁜 누군가에 의해 박탈당한 것이건 그것은 둘째 문제였다. 첫째 문제는 그 중대한 조건이 더 이상 유효하지 않다는 것뿐이었다.

5장.

 당신도 펭귄처럼, 어떤 한 사람에게 깊은 마음을 꺼내 준 적이 있다면 지금 내가 하는 말을 단번에 이해할 수 있을 텐데. 마음을 꺼내 준 사람은 상대의 아주 작은 변화도 단숨에 알아차린다. 펭귄은 여자의 작은 변화를 단숨에 알아차렸다. 그 둘 사이에 강간이란 비극만 없었다면 꽤 낭만적이기만 한 서술이었을 것이다. 조금 짧아진 머리카락에 감탄하고, 살포시 겹친 손가락 끝을 물끄러미 쳐다보고 말이야, 목청이 빚어낸 작은 진폭 차이에 깊은 걱정도 해보고. 그렇지만 그 둘 사이에 끈적하게 붙어 있던 강간이 사라질 리는 없었고 사라질 가망도 전혀 없었다. 여자가 귀국하고 나서 며칠 후에 그 둘은 오랜만에 동침했다. 그리고 펭귄은 그 작은 변화를 분명히 알아차렸다, 평소와는 다르게 여자의 손이 펭귄을 조금 밀어냈고, 이내 큰 결심을 한 듯이 펭귄을 끌어당겼다는 것을. 여자의 가빠오는 숨소리는 평소 성적인 흥분으로 자연스레 거칠어지던 숨소리와는 사뭇 달랐다는 것을. 그것은 말하자면, 위험을 탐지하는 작은 몸집의 동물이 쌓인 건초 틈에 숨어 내뱉던 것과 아주 유사했다, 그 작은 동물의 숨소리를 직접 들어본 적은 단 한 번도 없지만 말이다. 펭귄이 입술을 살포시 가져다 댈 적에 여자는 "불을 꺼 주세요, 불을 좀 꺼 주세요!"라고 했다. 마치 악기를 연주하듯이, 여자의 허리에 손가락을 가져다 댈 적에 여자의 배가 덜덜덜 떨렸고, 양다리는 평소보다 훨씬 더 강한 힘을 주고 있었다. 그것을 낑낑 힘주어 열던 펭귄은 마침내 그냥 모든 행위를 중단해 버렸다. 여자는 속이 상했는지 울음을 터뜨려버렸다. 여자는 아주 엉엉 울었다. 손수건으로 그것의 눈물 꼭지를 틀어막은 후에 펭귄은 무어라 말했다, 그러자 여자는 더 크게 울어버렸다. 그리고 펭귄과 여자는 한동안 그냥 그렇게 있었다. 그리고 밤이 깊어지자 펭귄이 잠들었고, 여자는 잠든 펭귄을 껴안고 조금 더 숨죽여 울었다. 그리고 그것보다 조금 더 시간이 흐르자 여자도 잠들었다. 지나고 나서 생각해 보니 여자로서는 아주 서럽게 느껴질 수도 있는 일이었다. 시대가 순결을 배려하여 그 기준을 거듭 넓히고 있었다고는 해도, 원치도 않던 사람과 강제로 맺은 성관계가 그 배려 대상에 포함된 적은 아직 한 번도 없었으니까. 여자는 자신이 순결을 잃었다고 생각했고 인생의 밑바닥에 떨어져 나뒹굴고 있다고 생각했다. 그리고 펭귄도 자신을 그렇게 생각하고 있을 것이라 여겼다. 돌이켜보면 이것은 펭귄의 잘못이었다. 그는 자신의 생각이 어땠건, 구태여 입 밖으로 내뱉지 않았으니까 말이다. 펭귄은 그때 이렇게 말해주었어야만 했다, "울지 마. 이건 당신의 문제가 아니라 내 문제야."

당신도 펭귄처럼, 어떤 한 사람에게 깊은 마음을 꺼내 준 적이 있다면 지금 내가 하는 말을 단번에 이해할 수 있을 텐데. 깊은 마음을 꺼내 준 사람은 상대의 내면적 상태를 절묘하게 유추해 내지 못한다. 펭귄은 여자의 내면적 상태를 유추하지 못했다. 내가 보았을 적에 이러한 특정 형태의 무능은 깊은 사랑과 함께한 시간이 길면 길수록 더 심해진다. 깊은 사랑과 함께라면 다만 기대에 불과한 것이 일종의 예언, 혹은 예측이 되어 버리기 때문이다. 그러면 상대의 내면적 상태를 유추해 내는 작업은 그저, '단숨에 결론 내리기' 정도로 그 신중함이 정도가 낮아진다. 말을 달리하면 이렇게도 된다, 당신이 깊이 사랑하는 사람의 내면에 대한 당신의 판단은, 유추가 아니라 다만 근거도 없는 결론이다. 여자는 자신이 당한 강간을 그 누구에게도 말하지 않았다. 펭귄을 제외하고서라면 말이다. 펭귄은 어째서 그것을 자신에게만 말한 것인지 묻고 싶었다. 그렇지만 묻지 않았다. 펭귄은 그것에 대해 근거도 없는 결론을 내렸을 뿐이다.

강간이 있기도 한참이나 전의 언젠가, 여자는 자신이 지닌 몇 가지 정신적 결함을 펭귄에게 말해준 적이 있었다. 그 이후로 여자는 간혹 펭귄 앞에서 약도 복용했다. 여자는 약을 입에 털어 넣을 때 이렇게 말하고는 했다, "그냥 안 좋은 습관이라고 생각해 주세요. 제가 약을 먹는 것 말이에요." 펭귄이 대꾸했다. "응." 펭귄은 아주 슬픈 감정이 들었다. 그러자 여자는 이렇게 말했다, "약을 먹기 시작하면서 이런 생각을 하기도 했어요. 우리의 영혼이란 것이, 정말 정교하게 짜여 있는 톱니바퀴에 불과하다는 생각 말이에요." 그 말을 들은 펭귄은 여자에게, 어쩌다 그런 무서운 생각까지 하게 된 것이냐고 물었다. 여자가 대답했다, "약 복용 한 번만으로도, 제 상태가 곧장 괜찮아지고는 하니까요. 그, 왜. 영혼이란 것은 물리적으로 설명되지 않아야만 하는 것이잖아요. 영혼은 모든 법칙을 초월해 있는 것이니까요. 그런데 이렇게 작은 알약을 하나 몸에 넣어주기만 해도 금세 괜찮아진다는 건, 우리의 영혼도 충분히 조정 가능하다는 것이겠죠. 이건 또, 그것이 아주 미세하게 만들어진 기계에 불과하다는 사실을 나타내는 것 아니겠어요?" 그렇지만 펭귄은 여자의 말에 동의하지 않았다. 아주 무서운 말이었기 때문이다. 정말로 우리의 영혼이란 것이 기계적인 것이었건 아니면 초월적인 것이었건 전혀 중요하지 않았다. 정말로 중요한 것은 그것이 초월적인 것이라 여겨지면서 탄생할 몇몇 낭만적인 사유들이었다. 여자가 자신이 가지고 있던 정신 문제들에 대해서 명확한 병명을 말해준 적은 없었다. 다만 그 증세를 몇 가지 알려줬다. 비교적 높은 곳을 발견하기라도 하면 별생각 없이 꼭 한 번 올라가 본다던가, 엎지를 수 있는 것이 있을 적마다 심심찮게 엎지르고, 가끔은 머릿속이 아주 소란스러워지기 때문에 한 가지 일에 몇 시간씩 몰두하는 것이 아주 어렵다고 했다. 그게 전부였다면 참 좋을 뻔했다. 그렇지만 여자가 가진 정신적 결함은 하나 더 있었다. 여자가 말하기를, 어쩌다 한 번씩은 심장이 너무 빨리 뛰고, 숨이 가빠지고, 또 시야가 너무 좁아져 정말 아무것도 할 수 없게 되는 상태가 된다고 했다, 마치 조금도 쉬지 않고 수십 분을 뛰어다닌 사람처럼 말이다.

"정말 갑작스럽게 말이에요." 여자가 말했다. "누가 제 몸에 있는 단추를 확! 하고 눌러버린 것 같은 거 있죠?" 펭귄이 여자를 쳐다봤다. 여자는 평소보다 발랄한 복장을 하고 있었고, 그래서 그런지 그날의 분위기가 된통 즐거웠다. "그러니까, 제 상태가 갑자기 이상해져도 놀라지 말아 달라는 거예요. 그런 상황에 놓이면 다들 놀라거든요." 여자가 말했다. 펭귄이 고개를 끄덕였다. 아주 딱하다는 기분이 들었지만, 여자가 담담하게 행동하니, 그 기분을 있는 그대로 표현하지 못했다. "그런데 재미있는 게 뭔지 알아요?" 여자가 옆에서 앵무새마냥 종알댔다. 그 모습이 다소 귀여웠다. "저는 그런 상태가 찾아올 때마다 화장실에 틀어박혀서 괜찮아질 때까지 가만히 기다려요, 약을 미처 챙기지 못했을 적에 말이에요. 짧을 땐 몇 분, 길 때는 한 시간까지 그렇게 기다리고는 한답니다. 그리고 아무 일도 없었던 것처럼 자리로 되돌아와요. 그러면 어떻게 되는지 알아요?" 여자가 물었다. 펭귄이 고개를 가로저었다. 그러자 여자가 살짝쿵 한 몸짓을 곁들였다. "상황을 상상해 봐요. 아주 자세하게 말이에요." 여자가 잠시 가만히 있었다. 아마 펭귄이 상상하는 시간을 벌어주려던 것이었다. 시간이 조금 흐른 뒤에 여자가 말했다, "제가 제 친구들과 있다가, 갑자기 자리에서 사라지는 거예요. 그러고는 반 시간, 한 시간이나 지나고 나서야 다시 나타나는 거예요." 그 말을 들은 펭귄이 고개를 갸웃거렸다. 솔직히 말해서, 펭귄은 여자들이 평소 얼마만큼의 시간을 화장실에 할애하는지 전혀 몰랐고 그것에 대해 관심도 없었다. 어쩌면 그냥 평균적으로, 여자들이 대변을 보는 시간이 남자들이 그러는 시간보다 더 걸릴지도 모르는 일이었다. 성별에 따른 완력의 차이는 당연했기 때문에, 배에 힘을 주는 정도에 차이가 나는 것도 딱 그만큼이나 당연한 일이었다. 게다가 듣기로는 화장을 고치고 옷매무새를 다듬는 데에 아주 긴 시간이 들기도 한다던데.

"다들 제가 변비인 줄로만 알고 있던 거 있죠?" 여자는 펭귄이 고민하는 와중에 정답을 말해버렸다. 아쉬운 일이었다. 여자가 환하게 웃었다. 여자가 웃으면 온 세상이 즐거워한다. 펭귄은 여자에게, 친구들에게 변비가 아니라고 해명은 해보았느냐고 물었다. "아뇨. 그냥 냅뒀어요. 변비라고 오해를 받는 게, 제가 이런 문제를 가지고 있다는 사실이 드러나는 것보다 좋거든요." 여자가 말했다. 펭귄은 가만히 생각했다, 무슨 '문제'까지야. 그냥 다시 자리로 되돌아오길 잠자코 기다리면 되는 건데. 펭귄은 여자에게, 자신에게는 아무 문제도 되지 않으니 전혀 염려할 필요가 없다고 말해주었다. "솔직히 말하면 있잖아요," 여자가 말했다. "아주 불안했어요. 당신과 만나서 시간을 보내는 것 말이에요. 아직은 당신 앞에서 그런 적이 없지만, 혹시 또 모르잖아요. 제가 또 갑자기 그런 상태가 되어서, 당신에게 아무 설명도 없이 화장실에 틀어박히게 될지." 그놈의 '박히다'라는 말을 좀 그만해줄 순 없나? 당장 내 목에 칼을 쑤셔 넣어버리고 싶다. "그런데 또 그렇다고 해서, 당신이 제가 변비라고 생각하는 것도 싫단 말이에요." 여자가 말했다. 그 모습이 아주 순수했다. "그래서 나오기 전에 항상 검토한답니다. 제가 약을 챙겼는지 말이에요. 그런데 또 이상한 게 뭔지 알아요? 제가 그런 상태가 될까 불안해하면, 정말 그렇게 되고는 한다는 거예요. 어쩌면 그 상황을 잠시 머릿속에 떠올리는 것만으로도 그 상태를 촉발시키는 것일지도 몰라요." 그러고는 이렇게 덧붙여 말했다, "그러면 저는 아주 이상한 문제와 맞닥뜨리게 되는 거예요. 약을 챙기면 정말로 약을 먹어야 하는 상황이 오고, 약을 챙기지 않으면 그런 상황이 올 확률은 조금 낮아질 진 모르지만, 혹시나 그런 상태가 되었을 적에 저는 당신을 내버려두고 화장실을 찾아 들어가서 가만히 있어야만 하는 거예요." 여자의 말은 조금 빨랐다. 여자가 계속했다. "그리고, 또 당신이 제가 이런 질환을 가지고 있다는 사실을 알게 되는 것도 싫었어요." 여자는 조금 시무룩했다. 그 모습이 아주 안타까웠다. 그런데 여자는, 이내 표정을 당돌하게 바꾸었다. 그러고는 말했다, "그렇지만 털어놓기로 한 겁니다. 왜냐하면 이 세상의 어떤 사실들은, 마땅히 알고 있어야 하는 사람에게 미리 언질을 주지 않았다는 것만으로도, 거짓말을 한 게 되어 버리니까요." 펭귄은 여자를 가만히 바라봤다. 펭귄은 여자에게, 자신에게만큼은 그 어떤 거짓말을 해도 좋다는 말을 했다. 그러자 여자가 이렇게 말했다, "싫어요." 그 말을 들은 펭귄은 고민에 빠졌다. 그 여자의 그 '싫어요.'라는 말이 진실인지, 아니면 자신의 요청을 승낙하여 벌써부터 거짓말을 하는 것인지 알 수 없었기 때문이다. 이렇듯 거짓말을 하는 걸 허락해버리면 세상은 아주 어지러워진다.

당신에게 충고하자면 거짓말을 허락해서는 안 된다, 어떠한 경우에서도 말이다. 아주 상황이 복잡해지기 때문이다. 펭귄은 자신도 무언가 비밀 한 가지를 말해야 할 것만 같다는 기분을 느꼈다. 왜냐하면 어떤 사실들은 마땅히 알고 있어야 하는 사람에게 미리 언질을 주지 않았다는 것만으로도, 거짓말을 한 게 되어 버리니까. 펭귄이 여자에게 말했다, 자신은 거미와 고양이를, 이 세상에서 가장 싫어한다고. 여자가 의아해했다. 거미를 싫어하는 것까지는 알겠는데, 어째서 고양이까지 싫어하는 것이냐고 물었다. "그렇지만 고양이는 아주 귀여운 걸요?" 이 여자가 강간당한다. 펭귄은 고개를 갸웃거렸다. 펭귄이 보기에는 거미가 고양이보다 특히나 더 흉측하게 생겼다거나, 고양이가 거미보다 특히나 더 귀엽게 생겼다거나 하지 않았다. 펭귄은 그냥 거미와 고양이를 싫어할 뿐이었다. 펭귄은 그 이유를 명확하게 짚지 못했다. 하기야 부정적인 감정의 근거를 명확하게 짚어내기란 아주 어려운 일이다.

6장.

 어쩌면 지금 나와 함께하고 있는 당신들도, 자신이 지닌 습관 하나쯤은 참으로 경멸하고 있겠지. 어느 누군가는 초조해질 적에 다리를 떨면서 손톱을 물어뜯고, 다른 누군가는 버려지는 것이 너무나도 두려워, 자신에게 애정을 가지고 다가오는 이들을 끝도 없이 밀어내고. 또 어떤 누군가는 말이야, 상상에 잠겨 세상과 담을 쌓아 놓구선 그 안에 갇혀 한참이나 허우적거리고, 심지어 누군가는 화가 날 적에 말을 더듬어, 하고 싶은 말을 하, 하나도 하지 못하기도 하고. 또 누군가는 무례한 이들에게 당당히 소리치지 못하여 잔뜩 움츠러들고. 세상의 모든 일이 단순하게만 흘러갈 수 있다면 얼마나 좋았을까. 우리가 그 습관을, 사랑하는 것이 아니라 다만 증오하기만 할 수 있었다면. 그런데 우리는 증오하면서 동시에 사랑하고 있다. 아마도 그것이 우리가 끝내 말할 수 없었던 무언가를 사뭇 다른 형태로 말해주고 있었기 때문은 아닐까.

펭귄이 지닌 차가움은 더욱 깊어졌다. 여자로서도 그 사실을 잘 알고 있었다. 펭귄이 다른 사람들을 바라볼 적에 튀어나오던 그 싸늘한 표정이 훨씬 더 깊어졌고, 더 빈번해졌기 때문이다. 그렇지만 여자는 더 이상 펭귄의 세계를 설득하지 않았다. 어쩌면 당신은 이것을 두고 이렇게 오해할지도 모른다, 직접 경험한 강간 덕에, 여자가 펭귄이 지닌 깊은 냉소에 동의하게 된 것이라고. 그런데 바른대로 말하자면, 아니다. 여자는 강간을 당했음에도 여전히 인간과 세상에 대한 무분별한 경외를 고이 간직하고 있었다. 그녀는 여전히 펭귄의 자폐적 세계를 사랑하면서 동시에 걱정했고, 그것의 변양을 그렸다. 그런데도 여자는 더 이상 그것을 바꾸려 하지 않았다.

설득의 정당성이란 것이, 바람의 깊이에 따라 부여되거나 혹은 박탈되는 것이었다면 얼마나 좋았을까. 그러니까……. 진실하고 간절하게 바라기만 하면 곧바로 정당한 것이 되고, 반면에 어떻게 되건 딱히 별 관심을 두지 않는다면 부당한 게 되는 것이었다면. 그렇지만 이 세상의 어떤 정당성은 내가 결코 이해할 수 없는 기준을 토대로 주어지거나 혹은 갈취당한다. 내가 보았을 적에 여자의 중단은 다만 그녀가 설득의 자격을 갖추었는가, 혹은 갖추지 못했는가 여부에 따라 결정된 것만 같다. 물론 그렇다, 설득 차 뱉은 육성에 조금의 거짓도 섞이지 않았다면 우리는 모두 설득을 할 수 있다. 그렇지만 거짓이 조금이라도 섞여 들어간다면 그것은 더 이상 설득이 아니다. 그것은 정성이 물씬 들어간 사기다. 거짓을 조금도 섞지 않는 것; 어쩌면 그것이야말로 설득의 자격이었을지도 모른다. 더군다나 이 세상에는 두 가지 종류의 거짓이 있는데, 하나는 의도적으로 진실을 기만하여 거짓을 말하는 것이고, 다른 하나는 '개별 세상 속의 사실'과는 달랐을 경우의 거짓이다. 언젠가 여자는, 강간을 당하기 이전에 그랬던 것처럼, 펭귄의 세상에 발가락을 살짝 담근 채로 이런저런 좋은 얘기를 하려고 했다. 그런데 원래라면 여자의 말을 듣자마자 고개를 떨구고 고민에 잠기곤 했던 펭귄은 이제 그냥 여자의 낯짝을 멍하니 바라보기만 했다. 펭귄의 행태는 마치 여자에게 이렇게 말하는 것만 같았다, "뭐라고? 그렇지만 당신도 이제 알게 되었잖아, 내가 옳았고, 당신이 틀렸다는 사실을. 이젠 당신이 나보다 더 잘 알게 되었겠지." 하나 더하기 하나가 셋인 세상 속에 살고 있는 이에게, 그것이 실은 둘이었다고 반복적으로 말하는 것만큼 탈기적인 행위가 또 있을까! 펭귄의 달라진 반응은 여자로 하여금, 자신이 지금 하나 더하기 하나가 셋인 세상에 살고 있는 사람에게 "이것 좀 보세요, 하나에 하나를 더하면 둘이 된다니까요? 신기하지 않아요?"라고 말하는 것과 동일한 행동을 하고 있다고 느끼게 했다. 아, 아니지. 어쩌면 나는 이왕 정반대로 말했다. 펭귄의 멍한 반응은 여자로 하여금, 자신이 지금 하나 더하기 하나가 둘인 세상에 살고 있는 사람에게 "이것 좀 보세요, 하나에 하나를 더하면 셋이 된다니까요? 신기하지 않아요?"라고 말하는 것과 동일한 행동을 하고 있다고 느끼게 했다. 아, 아니지. 어쩌면 이것도 정반대로 말했을지도 모르는 일이다……. 헤헤, 나로서도 슬슬 헷갈린다. 그냥 알아서 들어라. 중요한 건 여자가 설득의 자격을 상실했고, 입을 다물어야만 하는 위치에 있었다는 사실이다. 슬픈 사실은 간혹 당위를 집어삼킨다.

강간이 있고 나서 언젠가 여자는 펭귄에게 "당신은 나를 떠나 버릴 것이지요? 애초부터 나라는 사람과는 아무 관련도 없었던 것처럼, 그냥 그렇게 사라져 버릴 것이지요?" 빽 소리를 질러버린 적이 있다. 머릿속에 울려 퍼지는 목소리를, 음향을 섞어주는 기계가 그러는 것처럼 어떤 단추 두 개를 검지와 중지로 스윽 내리는 것으로 죄다 없앨 수 있었다면 얼마나 좋았을까. 심지어는 그 모습이 그럴듯하게 멋져 보이기도 하고. 여자가 가지고 있던 기존의 정신적 결함은 그 증세가 다소 심해졌다. 여자는 더 자주 높은 곳에 올라갔고, 더 자주 엎질렀다. 더 자주, 한 가지 일에 집중하지 못했고 더 자주, 반 시간 내지는 한 시간 동안 사라졌다가 다시 나타났다. 그런데 증세가 다소 심해졌다는 것은 아무 문제도 되지 않았다. 문제는 따로 있었다, 증세를 목도한 펭귄이 다르게 반응했다는 게 여자를 아프게 했다. 장난스레 던져지고는 했던 "어서 내려와!"라는 따뜻한 외침과 여자가 엎지른 것을 보고 재미나게 웃던 펭귄의 목소리가 한숨으로 변했다. 한동안 사라졌다가 나타난 여자에게 반가운 목소리로 "안녕?"이라고 말하던 사람은 온데간데없어졌고 그 대신에 그 자리를 여자가 되돌아오자마자 곧장 건조한 말투로

"나가자,"라고 말하는 사람이 꿰찼다. 그리고 그와 같은 사실이 여자를 아주 괴롭게 했다.

펭귄은 줄곧 악몽을 꾸어 댔다. 아마 당신도 이미 경험하여 잘 알고 있을 터인데, 꿈의 장 한복판에서는 본인이 지금 꿈속에 있다는 사실을 좀처럼 인지하지 못한다. 그리고 그렇기 때문에 꿈속의 모든 현상은, 그것이 우리의 무의식과 그 무의식을 기반으로 창조된 엉성한 세상의 것이라고 한들, 사실이다. 이에 대해서는 하고 싶은 말이 너무나도 많지만 죄다 쏟아 냈다가는 아주 따분해질 것만 같다. 그래서 일단 꿈의 세계와 꿈이 아닌 세계를 구분 짓는 중대한 것은 기억이라는 말로 대충 포장하고 넘어가도록 하자. 꿈속의 모든 현상은 사실이다. 그러나 그것은 꿈의 주인에 의해 잊히면서 허상의 것이 된다. 꿈속에서의 현상이 현실을 침범하지 않고 그 속에 잠자코 잠겨 있을 수 있었던 까닭은 그것이 객관적으로 거짓인 세상이었기 때문이 아니라 이내 잊히는 진실이었기 때문이다.

　처음에는 그저 그런 악몽과 다름없었던 것만 같다. 펭귄은 몸을 부르르 떨며 잠에서 깼고, 화장실로 달려가 헛구역질을 몇 번 했다. 간혹 토사물이 쏟아져 입가에 묻은 날에는 낯짝과 이빨을 다시 닦았고, 땀에 젖은 몸을 식히고 여자를 살포시 깨운 뒤에, 젖은 이불을 걷어내 다시 누웠다. 그럴 적마다 펭귄은 이런 이상한 생각을 했다, 여자의 신체가 흘려보낸 윤활제가 진탕 묻었을 때도 이렇게 이불을 걷어내 새로 깔고는 했었는데. 그때는 지금처럼 불행하지 않았었는데 말이야. 아무리 애를 써도 다시 잠에 들 수 없었던 날에는 자리에서 일어나 가만히 앉았다. 그러고는 그냥 다음날을 재빨리 시작해버렸다. 여자는 간혹 평소보다 더 근사하게 차려진 아침상을 발견할 때마다 펭귄을 껴안으며 고맙다고 말했다.

비슷한 내용의 악몽이 반복되면 일상은 아주 생지옥이 된다. 꿈의 내용과 그 기괴한 분위기가 머릿속에 콕 박혀 도무지 뽑혀 나오질 않게 되기 때문이다. 아, 그렇지. 그것은 반복될수록 점차 기억된다. 꿈속에 응당 갇혀 있어야만 했던 모든 현상이 울타리를 넘고 벗어난다. 그것은 펭귄의 의식 일부분을 변형시켰고, 변형된 펭귄의 의식은 펭귄의 세상을 변형시켰다. 이건 당신의 생각보다 훨씬 더 재미난 일이다. 왜냐하면 매일 밤 꿨던 꿈을 잊지 못하는 사람, 특히나 자신의 애인이 강간당하는 악몽을 꾸고 그것을 잊지 못하는 사람은 단지 그 꿈을 반복적으로 꾸고 그 꿈 때문에 힘들어하는 사람이 아니다. 그는 그냥 매일 밤 애인이 강간당하는 사람이다. 그리고 이건 비유가 아니다.

그 여자가 어떻게 저항했고, 언제 비명을 질렀는지. 저항하는 그 비명이, 몇 분이 지나야 포기를 함유한 울음소리로 바뀌는지. 그리고 어떤 음계에서 아주 그럴듯한 신음으로 변한 것인지. 도대체 어떤 가구; 침대, 가죽 의자, 땅바닥, 딱딱한 책상과 차가운 세면대 위에서 성행위가 진행된 것인지. 처음에는 그 강간범 놈을 몸으로 막아보려다 몇 번이고 실패했다. 펭귄은 멍하니 들려오던 여자의 신음을 견디지 못하고 도망쳤다. 펭귄은 한심한 놈이다. 손쉽게 물리칠 수 있을 것만 같았던 그놈은 펭귄의 예상보다 훨씬 더 좋은 완력을 가지고 있었다. 그놈은 펭귄을 제압하고선 정말 보란 듯이. 펭귄의 눈앞에서 관계를 맺었다. 굳이 그럴 필요가 있었을까 싶었지만서도 그놈은 항상 그렇게 했다. 경기에서 멋지게 승리를 거두고 근사한 몸짓으로 땀을 닦는 모습과도 사뭇 유사해 보였다. 그리고 아마 그즈음부터였을 것이다, 펭귄이 오롯이 완력만을 위한 운동을 시작했던 때가 말이다. 킥! 그런다고 달라지는 건 하나도 없었을 텐데! 시간이 흘러 조금 익숙해졌을 적에는 강간범 놈을 발견하자마자 그냥 울어버렸다. 더욱 긴 시간이 흘러 더 이상 그 현실에 익숙해질 수조차 없어졌을 적에는, 그놈을 무찔러보겠다는 생각조차도 없이 그냥 땅바닥에 앉아 그 남자의 추한 몸뚱이 일부가 작품을 비집고 들어가는 것을 멍하니 쳐다봤다.

　나는 이런 재미난 생각도 한다, 차라리 펭귄이 그런 비정상적인 성적 취향을 가지고 있던 놈이었다면, 그 상황이 좋아 환장할 수 있었을까? 그, 왜. 외설과 예술의 경계에 있는 수많은 창작물이 그런 상황을 연출하기도 하고 말이야. 심지어 듣기로는 갱생의 가망이 없는 어떤 누군가는, 자기 아내가 강간당하는 광경으로 보고 하반을 더듬거리기 위해 은밀한 거금을 들이기도 한다던데. 차라리 펭귄이, 그런 비정상적인 성적 취향을 가질 수 있을 정도로 용감했다면 말이야, 그 상황을 막으려 한다거나 혹은 비명을 지르지도 않고, 대신 환호성을 질러댈 수 있었을까. 나는 얼마 전 이 재미난 생각에 대해서 결론을 내릴 수 있었다. 그리고 나는 그 결론에 대해서 말하지 않겠다, 어느 쪽이건 딱히 좋아 보이진 않기 때문에.

제2부

객관적 사실로 구성된
세계와 펭귄의 인식

1장.

 펭귄이 여자에게 상담 치료를 요청했다. 여자는 그렇지 않아도 그것을 받아볼 생각이었다고 대꾸했다. 펭귄에게는 그 말이 마치, "저는 더 이상 당신이 필요하지 않아요."라는 말처럼 느껴졌다. 펭귄이 지니고 있던 정신적 고통과 치료에 대한 지식에 대해서 한마디 하자면, 그것은 일반적인 사람들보다 나았다. 다만 그것은 아주 낡은 것이었다. 애매한 독서로 지식을 쌓은 이들이 종종 갖게 되는 결함이란 바로 그런 것이다, 그들은 꽤 많은 것을 알고 있지만, 그것들은 대개, 아주 낡았다. 그들은 수 세기도 넘게 지난 의견들을 듣고서 그것이 아직도 변함없는 진리인 줄로만 안다. 펭귄은 어느 누군가의 슬픈 경험과 그것에 따른 정신적 고통이란 것이, 억압된 성적 욕망으로부터 비롯된 것이고 그 고통에서 해방되는 유일한 방법은 환자가 자신의 성적 욕망에 대해서 솔직하게 말하는 것이란 사실을 잘 알고 있었다. 그러나 바른대로 말하면 그것은 아주 낡은 의견이었다. 펭귄은 강간당한 여자가 스스로 지닌 정신적 고통을 없애기 위해서는 자신이 겪은 수치스러움과 절망에 대해 솔직하게 말하는 것은 둘째 치고서라도, 실은 강간을 사랑했다고 말해야만 되는 줄로만 알았다. 펭귄의 상상 속, 100년도 훨씬 더 지난 지식은 여자에게 이렇게 말했다, "지금 네가 그렇게까지 고통스러운 이유는 말이야, 그때의 네가, 아주 짧은 순간이었을지언정 참 좋아라 했기 때문이란다. 알겠니? 네가 좋아라 했기 때문이란다. 알아듣겠니? 네가 참 좋아라 했기 때문이란다. 알아들어? 너는 좋아했단다. 너는 강간을 사랑했단다. 내 눈을 피하지 말렴, 내가 말하고 있잖아. 알아듣냐는 말이야, 너는 강간을 사랑했단다. 너는 강간을 당해서 슬프다고 했지? 그렇지만 너의 질 깊숙한 곳, 조금의 계몽도 도달하지 못하는 바로 그곳, 온갖 동물적인 감각들만이 도사리고 있던 바로 그곳에서는 말이야, 참 좋아라 했단다. 네가 그렇게까지 고통스러운 이유는 말이야, 네가, 강간을 당했기 때문이 아니란다. 네가 강간을 즐겼기 때문이란다. 너를 진정으로 고통스럽게 했던 건 강간이 아니었단다. 너를 고통스럽게 했던 것은 오히려 네 자줏빛 거짓말, 그리고 그걸 철썩같이 믿은 너 자신이었단다. 그 고통을 없애기 위해서는 너 스스로 직접 말해야 해, 바로 이렇게 말이야, "사실, 제 몸은 아주 좋아했어요! 그렇지만 그건 제 몸일 뿐이었다고요, 몸과는 달리 제 정신은 아주 고통스러웠다고요! 그렇지만 그건 제 정신일 뿐이었다고요, 정신과는 달리 제 몸은 아주 좋아했다고요! 그렇지만 그건 제 몸일 뿐이었다고요," 정말 정신이상자처럼, 반복해서 말해야 해. 네가 더 이상 너 자신을 사랑하지 않을 수 있게 될 때까지 말이야."

펭귄이 읽었다던 그 저서 몇 권을 직접 읽어 본 적이 있는 나로서 말해 보자면, 그의 해석은 아주 많이 오해되고 왜곡되어 있었다. 당시 펭귄 주변에 비교적 현대적인 지식을 가지고 있는 사람이 있었더라면, 아마도 펭귄이 가지고 있던 감상에 반기를 들고 죄다 뒤엎어주었을 것이다. 그렇지만 펭귄은 정신 치료에 대해서 그냥 그렇게 이해하고 있었다. 이게 중요하다. 객관적 사실들로 구성된 세상이 어떻게 돌아가고 있었든 간에, 펭귄은 그냥 그렇게 이해하고 있었다는 것-.

내가 또 이렇게 말하면 어떨까, 창조해 낼 수 있는 경지에 도달하지 못한 실력을 갖춘 이들은 창조하지 못한다. 대신에 그들은, 짜낸다. 내가 당신에게 어떤 이야기를 해주는 것이 좋을까, 아마도 재능이 형편없었던 한 광대에 관한 이야기가 좋을 것 같다.

그 아이가 광대가 되어야겠다고 결심한 것은 아주 단순한, 아니 아주 복잡한 이유에서였다. 그가 어렸을 적, 그러니까……. 이제 막 다른 사람의 표정을 읽어내기 시작할 때쯤(듣기로는 4세에서 5세 사이가 일반적이다)에, 그는 다른 사람의 표정을 읽고 그 사람의 감정적 상태를 유추해 내는 행위를 마치 재미난 수수께끼와도 같다고 여겼다. 그는 그 재미난 놀이에 심취해 버렸다. 더군다나 간혹 정답을 맞히게 되면 들을 수 있었던, 단번에 이해하기도 어려운 칭찬은 어린 그를 아주 환장하게 했다. "너는 참 배려심이 깊은 아이구나.", "너는 다른 아이들과는 다르게 참 섬세한 감각을 가지고 있구나."라던 바로 그 칭찬들 말이다. 그런데 반성이 부재한 모든 심취가 그렇게 되어 버리듯 녀석의 그것 또한 모종의 오류를 빚어냈다. 다른 사람의 감정을 읽어내는 데에만 집중을 한 나머지, 자신의 감정적 상태를 살피는 데에는 아주 소홀했던 것이다. 그는 다른 사람의 감정을 헤아리는 능력은 아주 탁월했지만, 자기 자신이 어떻게 느끼고 있는지 헤아리는 능력은 아주 뒤떨어졌다. 결과적으로 녀석은 다른 사람의 표정이라는 것이, 자신의 감정적인 상태와 동일한 것이라고 오해하기에 이르렀다. 달리 말하면 녀석은 자기 내면이 아주 슬펐어도 다른 사람이 웃고 있었으면 본인도 웃긴 줄 알았고, 내면이 아주 즐거웠어도 다른 사람이 울고 있으면 자신도 우는 줄로만 알았다는 것이다. 그런데 여기까지는 아무런 문제도 없다. 그저 어느 한 꼬맹이의 의식이, 잘못된 방향으로 흘러가고 있는 것에 불과하니까 말이다. 다만 그 녀석이 행복하고 싶다는, 그런 멍청한 생각을 하고 나서부터 모든 것이 엉망이 됐다. 그때부터 녀석은 어쩔 수 없이 다른 사람을 웃겨대기 시작했다.

어떤 일을 하는 데에 필요한 재능과 실력이란 것이, 그 일을 시작하게 된 이유를 반복해서 이야기하는 것으로 손쉽게 쟁취될 수 있는 것이었다면, 얼마나 좋았을까. "나는, 나는 말이에요! 내가 행복하기 위해서는 어쩔 수 없이 다른 사람을 웃겨야만 해요! 나도 이러기 싫단 말이에요. 나도 이렇게 살고 싶었던 적이 단 한 번도 없었단 말이에요! 그렇지만 나는 다른 사람을 웃겨야만 해요!"라는 말을 하루에 수십 번 외치는 것만으로 실력이 좋아질 수 있다면 얼마나 좋을까. 그렇지만 세상은 그렇게 돌아가지 않는다.

실력이 탁월한 광대들은 근사한 말솜씨와 분위기로 사람들을 웃게 만들지만, 재능 없는 광대들은 자학한다. 그들이 할 수 있는 것이라고는 자신이 우스꽝스럽게 넘어지고 다치는 것을 전시하여 보여주는 것뿐이다. 그런데 스스로를 즐겁게 만드는 방법을 망각한 이들에게 남은 즐거움이라고는 다른 사람의 아픔을 보며 느끼는 것뿐이 남지 않았고, 다른 이들을 근사하게 웃길 줄 모르는 광대들의 농담이라고는 자학뿐이 남질 않았으니, 그 둘 사이에 맺어진 조약은 아주 부드럽고 아름다웠다. 녀석은 발이 걸려 넘어질 수 있는 곳을 발견하기라도 하면 가장 형편없는 모습으로 넘어졌고 다른 사람들로 하여금 자신을 조롱하게 했다. 주변에 자신을 물리적으로 해 끼칠 장치가 하나도 없었을 적에는 웬 장애인이나 흉내 내며 세상을 우스꽝스럽게 만들어버렸다. 헤헤, 본래 실력이 형편없는 광대에게 다른 사람이 뱉는 웃음의 크기는 자신의 견딜 수 있는 고통의 크기와 얼추 비례한다. 그 녀석은 죽을 때까지 행복에 관한 건전한 결론을 내리지 못한 채로 그냥 그렇게 살다 죽었다. 내가 이 바보에 관한 이야기를 한 것은 펭귄이 강간을 대하는 태도가 이 바보 놈의 그것과 아주 유사해 보이기 때문이다. 펭귄은 강간 피해자를 완전히 이해할 수 없었기 때문에, 차라리 짜냈다. 펭귄은 강간을 당해본 적이 없었기 때문에 강간을 이해하지 못했다. 고민을 거듭하는 습관을 지닌 펭귄으로서도 자신이 경험해 본 적이 없는 것을 초월하여 이해할 수 있는 능력이 전혀 없었기 때문이다. 펭귄은 이해하지 못했다. 대신에 짜냈다. 그 분투가 지향하는 것이 온전한 탈출인지, 아니면 그 속에 영원토록 갇혀 아사하는 것인지 알지도 못한 채로 말이다.

상담 치료의 가격이 만만치 않았다. 펭귄은 자신도 그것을 받았으면 좋겠다고 생각하고 있었지만 도통 경제적인 여유가 되지 않았다. 펭귄은 둘째 손치더라도 여자까지 그것을 받지 못할 지경이었다. 이렇듯 어떤 해방은 아주 비싼 법이다. 무료 상담소에 대한 소식을 듣기 전까지 펭귄은 여러 상담소를 직접 진전하며 고군분투했던 것만 같다. 다른 사람들과 살가운 대화를 시작하는 것에 모종의 민망함을 느끼곤 했던 펭귄은 상담소 문 앞에 한동안 서서 옷매무새를 정돈하고 괜히 발을 탁탁 두 번 굴러 신발에 붙은 먼지를 털어내고 손을 비비며 마음이 진정될 때까지 기다리곤 했다. 그리고 문을 열 적에는 숨을 흡하고 참아버렸다. 다행히 거의 모든 상담소의 직원은 꽤 친절했기 때문에, 문 앞에서의 찝찝

한 의식을 끝으로 펭귄은 이런저런 질문을 던질 수 있었다. "기간은 대략 얼마나 소요가 되지요?" 혹은 "가격이 얼마입니까?" 따위의 기초적인 질문부터 해서, "그렇지만 이런 걸 한다고 해서, 정말 좋아지긴 하는 겁니까?" 따위의 다소 무례한 질문까지 말이다. 이건 그다지 중요한 소리는 아니지만, 가격과 기간 따위의 기초적인 질문은 일절 "천차만별입니다, 그런 건 환자의 상태에 따라 달라지지요."라는 말로 대답 되었고, 무례한 질문은 "그럼요! 당연히 좋아지지요. 그 부분은 제가 보장할 수 있습니다. 저희 박사님은 아주 신통하거든요." 정도에서 끝났다. 그런 그들의 행태는 마치, 잔뜩 하자 있는 상품을 파는 사람들처럼 느껴지게 했다. 펭귄은 이틀 동안 열 군데 남짓의 상담소를 돌아다녔던 것만 같다. 조사를 마친 펭귄은 녹초가 되어 되돌아오곤 했는데, 신체가 힘들었다기보다는 정신이 피로했던 것 같다. 슬그머니 집에 되돌아온 펭귄을 발견한 여자는 "말도 없이 어디에 갔다가 온 거예요! 당신을 기다리느라 아직 식사도 하지 못했답니다."라고 말하곤 했다. 그러면 펭귄은 서둘러 사과했고, 그 둘은 음식을 차려 함께 먹었다. 두 번째 날에 되돌아왔을 적에도 비슷했다. 그런데 그날에 함께 음식을 먹을 때에 여자가 이렇게 말했다, "그렇게 말도 없이 집을 나서는 건 자제해 주겠어요? 저는 당신이 사라져 버릴 때마다 불안하단 말이에요." 그 말을 들은 펭귄은 마음이 아주 아팠다. 해주었어야만 했던 말이 너무나도 많았다. 그런데도 펭귄은 고개를 떨구며 미안하다는 말을 반복해서 하는 것으로 모든 상황을 종료시켜 버렸다. 펭귄의 사과를 들은 여자는 펭귄의 손을 잡으며 이렇게 말했다, "네? 아니요, 아니요. 그렇게까지 미안해하라는 뜻은 아니었어요. 그냥 주의를 해달라는 뜻이었답니다." 그러고는 이렇게 덧붙였다, "당신이 말했던 상담 있잖아요, 꽤 괜찮은 곳을 찾았어요. 무료로 해주는 곳이래요." 펭귄은 고개를 끄덕였다. 덕분에 펭귄의 작은 분투는 그 의미를 잃었다-.

무료 상담소의 모쪼록을 조금 파헤쳐보자면, 요새 들어 이 세상에 강간을 당한 사람들이 아주 많아졌기 때문에 그들을 위해 만들어진 무료 상담소가 많이 운영된다고 했다. 게다가 그곳에 상담가랍시고 앉아 있는 이들의 능력도 꽤 탁월하다고 했다. 이후에 펭귄은 여자와 함께 그곳에 갔었는데, 은근슬쩍 옆에 앉아 "저도 도와주십니까?"라고, 몇 마디 말을 뱉어 볼 심산이었다. 그런데 그곳의 사무와 안내를 담당하는 직원이 펭귄과 여자를 번갈아 쳐다보고서는, "그래서, 상담을 받는 분은 어떤 분이시죠?"라고 묻는 바람에 여자를 손가락으로 가리키며 이렇게 말해버렸다, "제가 아니라 이 사람입니다." 펭귄은 그런 자신의 모습이, 먼 예전 간음을 한 여자에게 돌을 던졌다던 고대인들의 모습과도 아주 유사하다는 생각을 했다. 그러자 직원이 여자를 데려갔고, 펭귄은 대기실에 덩그러니 남겨졌다. 펭귄은 저 괘씸한 직원이 여자를 빼앗아버린 것이라고 생각했다. 그렇지만 펭귄은 달리 할 수 있는 일이 아무

것도 없었기 때문에 그냥 가만히 있었다. "지금 뭘 하려는 겁니까! 아뇨, 당신은 이해하지 못해요, 저는 저 사람을 보호해야 한단 말입니다! 우리를 떼어놓지 마세요! 우리는 뭐든 함께해야 한단 말입니다! 똑같은 잘못을 저질러서는 안 된다는 말입니다! 나는 저 사람을 지켜내야만 해요!"라고 소리를 고래고래 질러버리지도, 직원의 얼굴에다 대고 욕을 퍼부어 버리지도, 그 대기실에 놓여있던 물건 몇 개를 집어 던지지도 못했다. 펭귄은 그냥 자리에 앉아 여자가 떠나간 문을 가만히 쳐다보기만 했다. 맙소사, 그 멍청한 짓을 무려 한 시간 남짓했다!

듣기로는 그런 곳에 처음 가면 그 사람의 내면에 대한 면밀한 분석을 위해 아주 긴 설문지를 작성한다고 했다. 아마 여자도 엇비슷한 것을 했던 것만 같다. 펭귄은 여자가 작성한 문답지를 찬찬히 읽어보고 싶었다. 아무도 없는 곳에 조용히, 오롯이 혼자서 말이다. 시간이 많이 지나자, 여자가 들어간 상담실 문이 열렸다. 상담가와 가벼운 대화를 나누며 짧은 작별을 고하는 여자의 모습이 보였다. 펭귄은 서둘러서 은근슬쩍 그녀 옆에 붙었다. 그는 딴청을 피우며 상담가와 여자의 대화에 귀를 기울였다. 그 둘은 제한 시간 내에 끝마치지 못한 대화를 계속하는 듯 보였는데, 그 둘의 모습은 벌써부터 아주 오랜 시간을 함께한 벗 혹은 애인 사이 같았다. 서로에 너무나도 열중한 나머지 그 둘은 의도치 않게 펭귄을 소외시켰고, 펭귄은 그 둘을 그렇게 내버려두는 편이 좋겠다고 판단했다. 펭귄은 상담실에서 종이 뭉치를 들고나오는 직원에게 슬쩍 다가가 작은 목소리로 이렇게 물었다, "제가 좀 봐도 되겠습니까?" 그런데 직원은, 그 문답지는 환자의 아주 개인적인 창작물로 구분되기 때문에 결코 다른 사람에게 공개하지 않는다고 했다. 그러자 펭귄이 이렇게 말했다, "저는 그저 그런 타인이 아닌데도 말입니까?" 그러자 직원이 펭귄에게 무어라 물었다, 명확하게 기억이 나진 않지만 아마 이미 결혼했거나 결혼이 예정된 사람이냐고 물었던 것 같다. 돌이켜보면 그 직원의 말은 물음의 형태를 띠고 있었지만 실상 핀잔이었다. 가족도 아니면서 뭘 그리 관심을 두느냐는 것이다. 그러자 펭귄은 아무렇지도 않은 척, 이렇게 대답했던 것 같다, "결혼이야 물론 하고 싶죠. 물론 구체적인 계획도 있습니다, 얼마 전부터 저는 세상을 돌아다니면서도 할 수 있는 일을 시작했으니까요. 하하, 비록 첫걸음을 뗀 것에 불과하지만 말입니다." 그 말을 들은 직원은 사뭇 당혹스러워했다. 본래 그렇게, 그다지 궁금하지도 않은 정보를 들은 이들은 당황한다. 직원의 표정을 목도한 펭귄 또한 그 당혹에 전염되었기 때문에 그 둘 사이의 분위기는 꽤 어색해졌다. 펭귄은 이렇게 화제를 돌렸다, "그런데 그게, 그렇게 중요한 사안입니까? 꼭 가족이어야만 허락되는 것입니까? 선생님, 앞뒤가 맞지 않잖습니까, 이 세상에 서로를 사랑하지 않는 가족들이 얼마나 많은데," 그러자 직원은 펭귄을 슬쩍 쳐다보며 그렇게 궁금하면 여자에게 직접 듣는 편이 좋을 것이라고 했다. 그리고선 그는 이렇게 덧붙였다, "저는 행실을 아주 조심해야만 하는 위치에 있습니다. 말해줘도 되는 정보의 기준이, 환자마다 다르기 때문이죠. 아주 천차만별입니다." 이것저것 따지고 싶은 것들이 너무나도 많았지만, 펭귄은 그냥 이렇게 대답했다, "아, 이해했습니다. 신경 쓰지 마십시오." 펭귄은 고개를 돌려 여자를 바라봤다. 상담가와 여자가 나란히 서서 펭귄을 빤히 바라보고 있었다. 그 둘의 행태가 너무나도 정제되어 있었기 때문에 마치 아이를 기다리는 부모의 모습 같았다. 펭귄은 두려움에 떨었다.

그날 밤에 여자는 펭귄에게 "이런 질문도 있었답니다,"라는 말로 몇 개의 문제를 냈다. 그것들은 대개, '당신을 불안에 떨게 하는 것은 무엇입니까?' 따위의 아주 단순한 문제들이었다. 더 많은 문항이 있었을 테지만 여자는 그것들을 죄다 기억해 내지 못했을뿐더러, 여자의 답변이 구태여 모습을 드러내고 있진 않았기 때문에 그것에 대한 펭귄의 궁금증은 풀리지 않은 채로 남아버렸다. 여자는 자신이 풀었다던 몇 개의 질문을 펭귄에게 던지며 신기해했다. 아, 그렇지. 여자는 신기해했다. 여자가 펭귄에게 그 질문을 꺼내 소개하던 이유는, 단지 그 물음들이 신기했기 때문이다. 여자가 이렇게 말했다, "웃기지 않아요? 오늘 처음 본 사람인데도 제게 꼭 필요했던 질문을 던져 주는 거예요. 어쩌면 저는 줄곧, 누군가가 그런 질문을 해주길 바랐던 것일지도 몰라요." 그 말을 들은 펭귄은 그것이 마치 자신을 질타하는 것처럼 느껴졌다. 그것은 꼭, 이런 말과 동일해 보였다, "당신은 나를 사랑한다고 했죠? 그런데 지금 당신 꼴을 봐요, 당신은 아무것도 해주지 않고 있어요. 처음 본 사람도 해줄 수 있을 정도로 손쉬운 것도 해주지 않고 있었어요."

펭귄은 여자가 던진 질문들에 대해서 솔직하게 대답해서는 안 되었다. 글쎄, 그렇게 행동했어야만 하는 근거를 명확하게 짚어낼 수는 없겠지만서도, 펭귄은 그냥 그렇게 행동했다. 펭귄은 얼굴에 주름이 지는 걸 경계하며 이런저런 말로 둘러 대기만 했다. 대답을 마친 펭귄은 여자에게, "당신은 뭐라고 했는데?"라고 물었지만 여자는 다음에 기회가 되면 꼭 들려주겠다고 했다. 펭귄은 알겠다고 했다. 여자는 다음번 상담 치료가 아주 기대된다고 말했다. 그것은 자신의 고통을 빨리 떨쳐내고 싶다는 뜻에 가까웠지만, 경험적으로 빚어진 펭귄의 세상에서 '기대'라는 단어는 대개, 아주 즐거운 일을 앞둔 사람이 쓸법한 단어였기 때문에 여자의 발언은 펭귄을 다소 혼란스럽게 했다. 펭귄에게는 그 말이 마치, 강간 사실을 돌이켜보는 것이 아주 즐겁고, 또 하고 싶다는 말로 들렸기 때문이다. 심지어는 그 말이, "다시 강간을 당하고 싶어요."처럼 들리기까지 했다. 여자는 잠에 들기 직전에 또 이렇게 말했다, "당신이 당분간 집에 오지 않아 주었으면 좋겠어요." 상담을 받은 직후부터 꽤 긴 시간 동안, 치밀하게 기회를

엿보다 말한 것만 같았다. 펭귄은 그 이유를 물었다. 여자가 이렇게 말했다, "그 교수님이 말해주었는데요, 초반에는 제 상태가 많이 안 좋아질 수도 있을 것이라고 했어요. 지금껏 꼭꼭 숨겨놓으려고 했던 기억을 조금씩 들어내어 꺼내야만 하는 작업이니까요. 원래 떨쳐내기 위해서는 전부 말로 뱉어야만 한대요. 그것을 반복해서 뱉으면 익숙해질 거고, 익숙해지면 또 그만큼 잊기 쉬워지겠죠. 그래서 처음에는 상태가 아주 안 좋아질 수도 있대요. 익숙해지기 전까지는 아주 힘들대요. 그리고 저는 당신에게까지 그런 부정적인 기운을 옮기고 싶지 않다구요." 그 말을 들은 펭귄이 이렇게 말했다, "그렇지만, 그러면. 당신이 엎지른 건 도대체 누가 웃으며 치워준다는 거야? 높은 곳에 올라간 당신을 누가 보호해 준다는 거야? 그렇지만 그러면, 긴 시간 동안 사라졌다가 다시 나타난 당신을 누가 반겨준다는 거야?" 그러자 여자가 이렇게 말했다, "괜찮아요. 당신도 그러지 않은 지 꽤 되었거든요."

히히, 이왕에 나는 당신에게 거짓말을 했다. 바른 대로 말하면 펭귄은 "그렇지만, 그러면……."이라고 말하고 그냥 입을 꾹 다물어버렸다. 펭귄이 생각하기에, 자신의 우려는 전혀 중요하지도 않은 것이었기 때문이다. 여자가 펭귄의 굳은 얼굴을 목격했다. 여자는 펭귄을 꼭 안아 주었다. 여자의 품이 잠시나마 펭귄의 기분을 좋게 만들어 주었다. 역겨운 일이었다.

여자가 세 번째로 그곳에 갈 때까지 펭귄은 그녀와 동행했다. 그렇지만 세 번째 동행 이후로 펭귄은 그녀와 동행하기를 그만두었다. 기다리는 시간이 따분해서가 아니었다. 물론 한 시간 남짓 아무것도 하지 않은 채로 가만히 앉아 있는 건 아주 고역이지만, 첫 번째 방문 이후로 펭귄은 몇 권의 책을 챙겨 갔기 때문에 그것은 그다지 문제가 되지 않았다. 그런데도 그가 발길을 끊은 이유는 그가 여자와 함께 세 번째로 방문했을 적에, 안에서 울려 퍼지는 여자의 웃음소리를 들어버렸기 때문이다. 여자의 웃음소리를 들은 이후에 펭귄은 여자에게 자신은 더 이상 동행하지 않겠다고 말했다. 여자는 알겠다고 대꾸했다.

2장.

 어두운 일을 밝게 이겨내는 일은 아주 어렵다. 내가 본 서사 초미에 말한 특정한 형태의 몰상식(개별적 망측을 온통으로 확장하여 인식하는 습관)에 잠식되어서도 안 되고, 심지어는 그것을 멀끔하게 떨쳐내야 하기 때문이다.

 내가 보기에 그러한 어두움을 극복하여 살아가는 방법은 유일하다, 당신의 열정이 닿는 데까지 그 대상을 세분화하면 된다. 그러니까 이게 무슨 소리냐면……. 당신이 만약 강간이란 어두운 일에서 벗어나고 싶다면, 당신을 강간한 그 사람이 보편적인 존재가 아니라 아주 특수한 존재가 될 때까지 세분화하면 된다는 것이다. 그 세분화는 우선 생물종으로 들어간다. 당신을 강간한 그 사람은 인간이다. 그러면 당신은 이렇게 말한다, "인간은 강간해." 그러면 인간이 아닌 생명체들이 해방된다. 그다음으로는 성별로 들어간다. 그 사람은 남성이다. 그러면 당신은 이렇게 말한다, "남성 인간은 강간해." 그러면 여성 인간들이 해방된다. 그다음으로는 국적으로 들어간다. 그러면 당신은 이렇게 말한다, "---국적의 남성 인간은 강간해." 그러면 그 국적을 지니지 않은 남성 인간들이 해방된다. 그다음으로는 나이대로 들어간다. 그 사람은 청년이다. 그러면 당신은 이렇게 말한다, "---국적의 청년 남성 인간은 강간해." 그러면 청년이 아닌 남성 인간들이 해방된다. 그다음으로는……

세분화 작업이 진행되면 될수록 그 비극이 다만 비정상적인 존재 하나에 의해 발생한 우연적인 사고였다는 사실을 마음속 깊이 깨닫게 되고, 그러면 당신은 우연적인 망측을 온통으로 확장하는, 일종의 '자학적인' 사고방식에서 벗어날 수 있게 된다. 여자가 그와 같은 사실을 잘 알고 있었던 것인지 혹은 그것이 여자가 지닌 근사한 직관이었는지는 확실하지 않으나, 여자는 자신이 겪은 비극을 다만 우연적인 한 사건으로 만들어 영혼 한편에 꼭꼭 숨기고, 그것이 탈출할 수 없도록 치밀한 벽을 세우고자 했다. 언젠가 여자는 펭귄에게 이렇게 말했다, "그 사람과 대화를 나눠 보고 싶다는 생각을 했어요. 도대체 어떻게 글러 먹은 사람인지 궁금해진 것이지요." 그러자 펭귄이 직관이 불쑥 다가와 이렇게 말했다, "그것 봐, 쟤는 강간을 사랑했다니까." 그러자 헐레벌떡 이성이 뒤따라왔다. 그러고는 직관과 손을 잡고 떠나는 펭귄의 뒤통수에 대고, 뭐라 뭐라 소리쳤다. 아마도 자신을 떠나지 말아 달라는 외침이었겠지. 그런데 펭귄은 그 목소리에 조금도 주의를 기울이지 않았다. 이성의 문제가 바로 이것이다, 그것은 언제나 한 발짝 늦게 도착하기 때문에 뭐라고 하는지 잘 안 들린다.

여자가 다시 해외로 나갈 것을 계획했다. 여자는 그 강간범을 찾아 나서야겠다고 했다. 펭귄은 이렇게 물었다, "같이 갈까?" 그러자 여자는 괜찮다고 했다. 그러자 펭귄은 알아서 하라고 말했다. 여자는 아무런 말도 없이 큰 가방에 여러 벌의 옷과 물건들을 넣었지만, 펭귄이 줄곧 해대었던 "조심해야 해, 조심해야 해,"라는 당부의 말은 온데간데없어졌다. 이제 와서 그 말을 하는 게 도대체 무슨 의미가 있다고, 이미 그 의미를 상실해 버렸는 걸. 펭귄은 비행이 예정되어 있던 날에 여자를 배웅하러 가겠다고 말했지만, 여자가 거절했다. 여자가 말하길, 이것은 처음부터 끝까지, 오롯이 혼자서 해야만 하는 일이라고 했다. 따지고 보면 그것은 거절이라기보다 차라리 배려였다. 여자는 자신이 짊어져야 하는 짐의 무게를 너무나도 잘 알고 있었고, 강간을 당해본 적이 없는 당신이 전적으로 동의할 수 있을진 잘 모르겠지만, 그건 생각보다 무거운 짐이다. 그리고 여자는 그것이 아주 무거운 짐이란 사실을 알고 있었기 때문에 차마 함께 들어달라고 요청할 수 없었다. 차라리 그것이 애매하게 무겁거나 가벼운 것이었다면 그 둘은 웃음을 터뜨리며 함께 옮겼을 텐데. 그런데 여자의 말을 들은 펭귄은 여자가 무언가 숨기고 있는 것이라고 생각했다. 배려가 아픔이 되는 것만큼 저주스러운 일이 또 있을까. 펭귄은 고개를 끄덕였다.

비행이 예정된 날이 오기까지 펭귄의 머릿속은 아주 복잡했다. 펭귄은 자신이 쓸모가 없어진 것이라고 생각했다. 상담은 상담가가 해주었고, 약전은 의사가, 그것의 해석과 적용은 약사가, 또 사건의 해명은 강간범이 해줄 것이었다. 펭귄은 쓸모가 없다. 그의 위치를 굳이 따지자면 훼방꾼 정도가 아니었을까. 사랑하면 쓸모 있는 존재가 되고 싶어 한다. 아니, 어쩌면 조금 다르게 말해야 할지도 모른다. 자신이 상대에게 아무런 쓸모도 없는 존재가 되어 버리면 무너져 내린다. 여자의 비행이 예정되어 있던 바로 그날 아주 이른 아침에, 여자로부터 전화가 왔다. 헐레벌떡 전화기를 집어 든 펭귄에게 여자는 이렇게 말했다, "전화를 받지 않을 줄 알았어요! 당신은 보통 이 시간에 곤히 잠들어 있고는 하니까요." 펭귄은 혹시나 하는 마음에 일찍 일어났다고 말했다. 여자는 안도한 것인지 길게 한숨을 내쉬었는데, 그 소리가 듣기에 좋았다. 여자는 펭귄에게 공항까지 배웅해 주겠느냐고 물었다. 펭귄은 여자의 집 앞으로 서둘러 갔다. 그 둘은 공항으로 향했다. 딱히 아무런 대화도 오가지 않았다. 여자는 비장해 보였고, 펭귄은 그런 여자를 곁눈질로 바라보며 가만히 있었다. 공항에 도착해서 그 둘은 간단한 식사를 함께했고, 점차 비행시간이 다가오자, 여자는 펭귄을 이끌고 배웅을 하는 사람들과 떠나는 이들을 떨어뜨려 놓는 칸막이까지 데려갔다. 그곳을 넘기 전에 여자는 펭귄에게 이렇게 말했다, "당신은 제가 고장이 난 것이라고 생각하고 있죠? 그렇지만 저는 고장이 난 게 아니에요." 그 말을 들은 펭귄의 마음은 찢어질 듯이 아팠다. 펭귄은 여자를 안아 주었다. 그러고는 이렇게 말했다, "그렇게 생각한 적 없어."

3장.

 여자가 강간범과 좋은 시간을 보내러 간 이후의 그 며칠 동안, 펭귄은 여자를 떠나 버릴까 고민했다. 어쩌면 당신은 이것을 두고서, 사뭇 불공정한 고민이라 말하고 싶을지도 모르겠다. 아파하는 사랑을 떠나는 것이야말로, 세상의 모든 이별 중에서도 가장 소름 끼치는 터에. 그렇지만 또 이렇게 말해보자, 이 세상의 모든 이별 중에서 진정으로 공정했던 것이 과연 몇이나 된다고. 그것의 불공정성은 행위 주체의 의지에 달린 것이 아니다. 그것은 다만 사랑과 이별의 갖는 상이한 존재 양식에 따른 자연스러운 결함에 불과하다. 둘 다 흠뻑 빠져버려야만 성립하는 사랑과는 다르게, 이별은 둘 중 하나만 살짝 빠져도 곧바로 성립된다. 논의하고 합의해야만 하는 사랑과는 전혀 다르게, 이별은 우선 결정되고 통보된다.

펭귄은 여자가 강간당하기 전까지는 이렇게 생각하고 있었다, 사랑과 함께라면 그 어떤 아픔도 괜찮다고. 그렇지만 그런 류의 선언을 하는 이들은 대개, 아픔이라 할 것을 한 번도 경험해 본 적이 없는 이들뿐이다.

아주 존경스러운 누군가가 이미 말했듯이 우리는 사랑받기보다는 그저 이해받기를 더 원하는 것만 같다. 그리하여, 적어도 내가 보았을 적엔 말이야, 이해받지 못한 이들의 갈망은 사랑받지 못한 이들의 갈망보다 더 악질적이다. 더군다나 그 둘을 단번에 구분해 내기란 아주 어려운 일이기 때문에 우리는 종종 정답과는 반대로 행동한다. 우리는 "제발,

나를 이해해 주세요!"라는 말을 해야 할 때에 "제발, 나를 사랑해 주세요!"라는 말을 뱉어 버리고, 상대를 이해해 주어야 할 적에는 다만 사랑한다. 그리고 그 둘 사이의 괴리는 비애로 저장된다.

    그런데 또 내가 보기에는 말이야, 우리는 간혹 사랑받기보다 이해받기를 원하지만, 궁극적으로 원하는 건 이해를 구걸하지 않는 것이다. 여자가 강간범을 만나러 갔을 적에 펭귄은 혼자 남았다. 펭귄의 감정에도 가랑이와 성기랄 것이 있었다면 내가 그것을 더욱 적나라하게 묘사해 낼 수 있었을 텐데. 여자의 비행은 펭귄을 더욱 괴롭게 만들었지만, 또 동시에 몰이성적인 안락을 경험하게 했다. 아주 요상한 기분이었다. 말하자면 그것은 술에 잔뜩 취한 채로 강간을 관음하는 사람이 느낄 법한 주술적인 기분이었다. 여자를 배웅한 펭귄은 곧장 집으로 돌아가지 않았다. 그는 대신에 길을 잃은 여자의 방에 갔다. 그런데 방 안으로 들어갈 수는 없었다. 열쇠를 숨겨두던 둘만의 비밀 공간-문 아래쪽에 나 있던 작은 틈새였다-에 손가락을 넣고 더듬었지만, 열쇠가 보이지 않았기 때문이다. 그래서 펭귄은 마치 영웅에게서 작은 트집이라도 잡기 위해 애써 비아냥대는 고양이처럼, 그 주위를 샅샅이 수색했어야만 했다. 덕분에 펭귄은 몇몇 이웃들의 의심스러운 눈초리를 샀다. 펭귄은 그 눈길을 발견하자마자 손을 탁탁 털고 그냥 떠나버렸다. 이 얼마나 얇고, 눈치 보는 감정이란 말인가.

펭귄은 집으로 되돌아오는 길에 말로는 죄다 표현할 수 없는 얄궂은 해방감을 느꼈는데(이건 뭐, 나중의 일이지만 이때 펭귄이 경험했던 짧은 해방감이 영원토록 따라다니며 그를 놀려댄다), 펭귄은 그 감정이 어디서부터 비롯된 것일까 깊은 고민을 했던 것 같다. 그의 고민은 결론적으로 다음과 같은 진부한 물음의 형태를 띠었다. 그간 그를 풍요롭게 만들어 준 것이 과연 그 여자였을까, 혹은 사랑이란 감정 자체였을까.

그간 펭귄을 구원해 주던 것이 과연 그 여자였을까, 아니면 그저 사랑이란 감정 자체였을까. 허우적대는 펭귄의 손을 낚아채어 잡은 것이 과연 그 여자였을까, 아니면 그냥 사랑이란 감정 자체였을까. 어깨를 살짝 두드려 우리를 돌려세우고, 입을 맞추고 손에 작은 선물을 쥐어 주던 것이 진정 그 사람이었던 것일까, 혹은 사랑이란 감정이었던 것일까. 펭귄이 그 여자를 사랑했건, 새소리를 사랑했건, 건물을 세워 올리는 웅장한 크기의 중장비 혹은 날렵하게 잘 빠진 권총의 발포와 그것으로 자살한 이의 몸뚱이를 사랑하건 도대체 뭐가 다르다는 것일까, 우리를 진정 풍요롭게 만들어 주던 것이 어떠한 존재가 아니라, 다만 사랑이란 감정 그 자체였다면. 더군다나 인간은 상이한 대상으로부터 동일한 감정을 갖는 근사한 능력을 지니고 있다. 내가 고양이와 거미라는, 완전히 다른 대상을 두고도 경멸이라는 동일한 감정을 갖는 것처럼. 그간 펭귄의 냉기에 슬그머니 발가락을 담그고 이곳저곳을 가리키던 사람이, 정말로 그 여자 하나뿐이었던가? 운명이란 결코 변하지 않는 것이라고는 하지만, 그것은 간혹 절대 들키지 않는 변장을 하지 않던가? 생각해 보면 그런 사람은 줄곧 있었다. 양팔로 펭귄의 목을 두르고, 그의 가슴팍에 기대어 세상의 따뜻함에 대해 전해주던 이들은 펭귄의 주변에 항상 있었다. 그렇지만 어째서인지 펭귄은 그들의 말을 싹수없는 가식 혹은 시시한 저능으로만 여겼고, 반면에 여자의 말은 조금의 반문도 불가한 이치의 정점으로 여겼을 뿐이다. 그런데 그 둘의 구분은 도대체 무엇이란 말인가. 우리는 상대의 사랑스런 모습 때문에 사랑에 빠져버리는 것일까, 아니면 이미 사랑에 빠져버렸고, 모든 모습이 사랑스럽게 보였던 것일까. 이런 초보적인 질문조차도 명쾌하게 대답할 수 없다면 우리는 어떻게 사랑을, 사랑을 말이야, 사랑할 수 있을까. 펭귄은 여자를 떠나지 않기로 했다. 그리고 이 세상의 어떤 비합리적인 결심은 섬유에 갇혀 비명을 지르는 것으로 현시한다.

4장.

 강간이 있기도 전에, 그러니까……. 강간은 물론이거니와 여자가 펭귄과의 사랑을 시작하기도 전, 아니 정확히 말하면 사랑이 시작된 딱 그날에, 여자는 이렇게 말하기도 했다, "정말 그런 것 같지 않아요? 이 세상의 어떤 것들은, 정말 아무 조짐도 없이 말이에요, 짜잔! 하고 나타난다니까요?" 펭귄은 일을 마치고 여자와 함께 멍하니 서 있었다. 여자가 펭귄이 일을 끝낼 때까지 기다렸던 것이다. 여자는 그렇게, 간혹 펭귄을 기다리곤 했다. 가만히 앉아 펭귄을 구경하다, 그가 모른 채 가져다준 술 몇 잔을 더 마시고 귀엽게 해롱거리거나, 어두운 조명 아래서 책을 읽거나 깊은 고민에 잠기면서 말이다. 이 여자가 강간당한다. 펭귄은 그런 여자의 모습을 사랑했다. 여자의 "정말 그런 것 같지 않아요?"라던 그 말은 날씨를 겨냥한 것이었다. 그날의 하늘은 저녁쯤부터 불만이 참 그득한 것 같더니만, 펭귄과 여자가 집으로 돌아가려고 할 적에 펑 하고 터뜨렸던 것이다. 펭귄과 여자가 발을 동동 구르며 당혹스러워 하는 모습을 꼭 보고 싶었다는 듯이. 그 둘은 건물에 가깝게 붙어 비를 피했다. 그 둘은 한동안 말없이 비를 쳐다봤다. 여자는 비가 올 줄은 꿈에도 몰랐다고 했다. 그러자 펭귄은 여자에게, 저녁쯤부터 슬슬 하늘이 검은색으로 물들었다고 말했다. 같은 것을 보고도 전혀 다르게 여길 수 있다는 건 아주 낭만적인 일이다. 내가 보았을 적에는 그러한 간극이야말로 세상의 모든 관계를 엮어내는 얇은 끈이다. 그런데 여자는 펭귄의 말을 그리 주의 깊게 듣지 않고 있었던 모양이다. 여자는 이렇게 말했다, "실은 거의 모든 것들이 그래요. 나타나기 전까지는 아무런 조짐도 없답니다. 그냥 '짠' 하고 나타나거나, 전혀 없거나. 둘 중 하나예요. 그 중간은 없지요." 여자가 말했다. "맞아." 펭귄이 동의했다. 펭귄은 여자의 얼굴을 슬쩍 쳐다보고는, 이내 눈동자를 돌려 다시 빗방울이 떨어지는 것을 쳐다봤다. 그것이 망 가뜨리는 것이라고는 짧은 기분뿐이 없었다. 그 둘은 과연 어떠한 방식으로 반기를 들어야 할까 잠시 생각에 잠겼다. 과연 어떻게 행동해야 날씨를 잡아 가두고, 덩치 좋은 사람을 시켜 힘껏 매질해 댈 수 있을지 고민했다. 여자가 좋은 생각을 해냈다. 비에 젖으면 안 되는 것들을 옷으로 감추고 그것을 방패막 삼아 뛰어가자는 것이다. 좋은 생각이었다. 그런데 문제가 하나 있었다. 여자가 말하기를 자신의 옷은 아주 특이한 재질로 만들어진 것이기 때문에, 물에 젖으면 안 된다는 것이다. 그 섬유는 물방울이 닿으면 그 모양 그대로 자국이 남아버리는 것이라고 했다. 젖으면 안 되는 것을 겉옷으로 가리고 뛰어가자고 했으면서, 젖으면 안 되는 것이 다름 아닌 여자의 겉옷이었기 때문에 그 둘은 아주 알쏭달쏭한 상황과 맞닥뜨렸다. 여자는 또다시 잠자코 고민하고는, 바로 이 여자가 강간당한다, 그냥 그런 문제쯤이야 무시하기로 했다. 그리 비싸지도 않은 옷이기도 했고, 아주 비싼 옷이었어도 그랬을 것이다. 펭귄이 좋은 수를 냈다. 여자의 옷을 거듭 접어 최대한 작은 부피로 만든 후에, 그의 겉옷으로 감싸 최대한 안전하게 만들어 보자고 했다. 여자는 개구쟁이 표정을 지어 올리며 이렇게 말했다, "실은 당신이 먼저 그렇게 말해주길 기다렸답니다." 그 둘은 신발을 벗을까 말까 고민했다. 그렇지만 이내 벗기로 했다. 펭귄이 말하기를, 물에 젖은 도로는 푹신할지도 모르는 일이라고 했다. 지금 생각하면 아주 위험한 짓이었다. 그렇지만 사랑을 머금은 어떤 위험한 순간은 마치 재미난 여행처럼 느껴진다.

온몸이 젖은 채로 비를 맞으며 뛰어다니는 성인 남녀 한 쌍의 모습은 아주 우습다. 펭귄은 여자의 집 앞에서 여자에게 작별을 건넸지만, 잔뜩 젖은 여자가 잔뜩 젖은 펭귄을 집으로 초대했다. 옷이라도 말리고 가라면서 말이다. 100쌍의 서투른 연인이 있다면 99쌍이 그러는 것처럼 아주 진부한 꼴불견이었다. 그렇지만 또 그런대로 사랑스러운 일이었다. 더군다나 비가 내리는 날에 잠시 들어와 젖은 옷을 말리고 가라는 말은 적어도 이틀 밤을 같이 있자는 소리다, 우왁! 왜냐하면 비가 오는 날에 빨래가 멀끔하게 마르려면, 적어도 그 정도 시간이 걸리니까. 예고도 없이 들이닥친 여자의 방. 갑작스러운 방문에도 깨끗하게 정리되어 있는 방의 행색은 간질거리는 감정……. 특히나 성적인 감정을 불러일으켰다. 여자의 처신과 행동도 이처럼 깨끗했을 것이란, 그런 즐거운 확장을 끌어내기 때문이었을까. 아니면 그녀의 신체가 지닌 은밀한 색채 또한 아주 깨끗했을 것이란, 그런 역겨운 확장을 끌어내기 때문이었을까. 아, 방금 것은 펭귄에 관한 얘기가 아니었다. 여자를 강간한 놈에 관한 얘기였다. 히히, 나로서도 간혹 헷갈린다. 강간범의 내면과 펭귄의 내면이, 아주 유사했기 때문이다. 그리고 이 얼토당토않은 유사성이 나를 아주 슬프게 한다. 다른 점이 있다면 그 여자가, 강간범은 거부했고 펭귄은 허락했다는 것, 딱 그 정도뿐이지 않을까. 어쩌면 펭귄은 사랑이 아니라 다만 허락된 강간을 하고 있었을 뿐이고, 어쩌면 그 강간범은 강간이 아니라 허락받지 못한 사랑을 하고 있었을 뿐이지 않을까. 게다가 우리는 허락의 기준이 무엇인지 명확히 짚어낼 수 없다. 강간이 펼쳐질 적에 그 여자가, "좋아? 좋지? 좋아 죽겠지?" 하는 물음에 그냥 "네! 너무 좋아요!"라고 앙칼지게 소리 질렀다면, 강간이 아니라 단순한 바람이나 역겨운 배신이 될 수 있었을 텐데. 그러면 펭귄이 이렇게까지 힘들어하지 않을 수 있었겠지. 무력보다는 분노가, 극복해 내기 훨씬 더 쉬운 감정이니까.

여자가 되돌아왔다. 그놈과 만나 얘기를 나눠 보

았냐고 따로 묻지 않았다. 그런데도 여자는 이렇게 자백했다, "만나지는 못했어요." 그 말을 끝으로 여자는 그놈에 대한 말을 하지 않았다. 별달리 할 수 있는 말이 없었기 때문이다. 펭귄도 더 이상 묻지 않았다. 그렇지만 여자의 말을 믿지도 않았다. 펭귄은 여자가 그놈을 찾아가 손을 잡고 매달리며 한 번만 다시 동침해달라고 애원했고, 그 사실을 숨기기 위해 둘러댄 것이라고 생각했다. 더군다나 여자는 되돌아오는 비행편을 기다리는 동안에 이곳저곳을 돌아다니며 섬세하게 둘러보았기 때문에, 그 이야기는 마치 하나의 여유롭고 따뜻한 여행담처럼 느껴지기까지 했다. 여자는 그 나라 유명한 곳에 대해 멋진 이야기를 해주기도 했고, 그 나라 사람들의 표정은 대개 어떤 질감을 가졌는지, 음식의 맛은 어땠고, 그곳에서 인기 있는 차는 어떤 향이 강했는지. 심지어는 그 나라 사람들에게 도움을 받은, 따뜻한 얘기를 해주기도 했다. 예컨대 그곳의 차편에 대해서 전혀 몰라, 불쌍하게 발만 동동 구르고 있을 적에 어떤 착한 사람이 무료로 차를 태워 준 이야기, 모르는 새에 위험한 빈민가 주변을 걷고 있을 적에 어떤 착한 누군가가 창밖으로, "이 이상 넘어오면 당신이 어떻게 될지도 몰라요!"라고 소리쳐 구해준 얘기. 그것은 마치 다른 나라에 살고 있는 오랜 애인을 만나고 온 사람이 할 법한 온도의 것이었다.

 인간의 상상이란 것이, 거듭할수록 더욱 아름답고 건전한 방향으로만 흘러가는 것이었다면 참 좋았을 텐데. 그렇지만 그것은 거듭할수록 더욱더 인간적인 방향으로 흘러간다. 여자로부터 그런 얘기를 들었을 적에 펭귄은 하마터면 이렇게 말해버릴 뻔했다, "차를 태워 주었다던 그 사람과 나뒹굴었지? 당신은 그 사람의 옷을 슬그머니 벗겼지? 당신을 구해줬다던 그 사람과 나를 비교했지? 당신은 내가 아무런 힘도 없고 능력도 없는 한심한 사람이라고 생각했지? 당신에게 애정 어린 경고를 던져 준 사람에게 사랑을 느꼈지? 나의 경고는 죄다 무시해 놓고서는 말이야, 그 사람의 말만큼은 불변하는 진리로 여겼던 거지?"

여자의 여정에 관한 이야기를 들은 이후부터 펭귄의 꿈이 변형되기 시작했다. 강간당하는 여자는 웃고 있다. 이제 그 둘의 몸짓은 아주 아름답다. 강간범의 몸집과 얼굴은 더 이상 보이지 않았다. 대신에 여자의 얼굴이 보였다. 여자는 황홀한 듯 침을 흘리고 있다. 좋은 일이었다. 덕분에 펭귄은 매일 밤 애인이 강간당하는 사람이 아니다.

차라리 강간이었으면 좋았을텐데.

5장.

 여자와 펭귄은 언젠가 길가에 버려진 개를 구해주었다. 여자가 강간범과 좋은 시간을 보내고 되돌아온 지 한 달에서 한 달 반 사이에 있었던 일인 것만 같다. 그 개 녀석은 몸집이 꽤 컸다. 녀석은 폭실해 보이는 하얀색 바탕에 때론 갈색, 검은색 털이 드문드문 피어 있던 녀석이었다. 그 때문인지 녀석은 전체적으로 회색빛을 가진 것만 같았다. 또 녀석의 무게는 적어도 50파운드는 족히 나가는 것 같았다. 당신이 이 사실을 알고 있는지는 잘 모르겠지만, 아주 몸집이 큰 개의 얼굴을 처다보는 건 아주 진귀한 경험이다. 몸집만큼이나 얼굴도 크고, 얼굴을 구성하고 있는 세부적인 것들; 눈과 입, 코와 볼도 크기 때문에 녀석들의 표정을 비교적 쉽게 알아차릴 수 있기 때문이다. 녀석은 꽤 즐거워하는 듯한 표정을 띠고 있었기 때문에 펭귄은 녀석에게 이렇게 물었다, "왜 두려움에 떨지 않는 거니?" 펭귄은 녀석의 앞다리를 살포시 잡아 도망치지 못하게 단단히 한 다음에, 고개를 슬쩍 돌려 여자에게 이렇게 물었다, "안아 주어야 할까?" 그러고는 다시 고개를 돌려 녀석의 얼굴을 쳐다봤다. 녀석은 순진한 표정으로 혀를 길게 내빼고 헥헥거렸다. 펭귄이 이렇게 말했다, "더위를 타고 있는 모양인걸. 개들은 우리들과는 다르게 땀구멍이 전혀 없어서 말이야, 더우면 이렇게 혀를 내뺀다고 들었어. 우리가 땀을 말려서 몸의 온도를 낮추는 것처럼, 침을 말려서 몸의 온도를 낮추는 거지. 안아 주지 않는 게 좋겠는걸, 무턱대고 안아 주면 더 더워할 거야," 그걸 가만히 보고 있던 여자가 이렇게 말했다, "아니요, 두려운가 봐요. 그 누구와도 눈을 못 맞추고 있잖아요." 그러자 펭귄은 녀석을 질끈 안아 주었다. 펭귄은 녀석의 표정을 다시 들여다봤다. 여자의 말처럼 녀석은 그 누구와도 눈을 맞추지 못하고 있었다. 본래 개들은 인간이 개를 사랑하는 것만큼이나 인간을 사랑해서, 눈을 슬쩍이라도 쳐다본다고 했다. 그런데 녀석은 멍하니 허공을 바라보고 있었다. 펭귄이 녀석을 몇 분간 껴안고 있자, 펭귄의 품이 슬슬 마음에 들었던 것인지 헥헥거림이 멈췄다. 잔뜩 모인 침이 툭 하고 떨어져 펭귄의 옷을 더럽혔다. 그렇지만 그것이 그리 나쁜 일처럼 느껴지진 않았다. 여자는 어딘가에 전화를 걸었다. 곧이어 차가운 철창으로 이루어져 있던 중형 차량과 작업복을 입은 두 명의 남자가 도착했고 펭귄과 여자는 개를 그들에게 인계했다. 여자가 그 중 한 명의 팔꿈치를 슬쩍 잡고 이렇게 물었다, "이 친구는 어떻게 되나요?" 그러자 그 사람이 이렇게 말했다, "개 한 마리당 허락받은 시간이 있어요. 2주예요. 그 기간 저희가 돌보죠, 이 녀석을 데려다 키울 사람을 찾으면서 말이에요. 도통 이 나라에선 이렇게 큰 개를 키우고 싶어 하는 사람을 찾기가 어려워요. 그렇지만 걱정할 필요는 없습니다, 요새 들어서는 기술이 꽤 좋아져서 말입니다, 해외에서까지 사람을 찾을 수……." 그 말을 듣자, 여자는 이렇게 물었다, "그러니까, 그 기간에 새로운 주인을 찾지 못하면 어떻게 되는 건가요?" 그러자 그 사람이 무어라 대답하려 했다. 그런데 펭귄은 또 그 말을 끊으며 이렇게 물었다, "도대체 그 시간을 2주로 정해준 사람이 누구란 말입니까?" 그러자 그 사람은 펭귄을 한번, 그리고 여자를 한번 스윽 처다보더니 연락을 줘서 감사하다는 말을 끝으로 부웅 떠나버렸다. 요새 들어 자신이 개를 사랑한다고 착각하는 사람들이 많아진 만큼 그것을 버리는 사람도 아주 많아졌기 때문에 그것들을 수거해 가는 사람들은 꽤 바쁘다. 멀어져가는 철창 사이로 그 녀석이 다시 헥헥거리는 모습이 보였다. 그 모습을 본 펭귄이 여자에게 이렇게 말했다, "저 사람들은 녀석이 그냥 더위를 타고 있는 것이라 오해한 모양이야, 실은 아주 두려운 것인데." 이주 뒤에 녀석은 목덜미에 약이 주입되어 죽어버렸다. 녀석이 죽었다는 사실을 알게 된 여자는 아주 슬퍼했다. 아니, 다시 생각해 보니 그것은 단순한 슬픔이라기보다 품위를 잃지 않는 절망이었다. 여자는 이렇게 말했다, "어차피 끝까지 책임도 못 질 걸, 그냥 길에 놔둘 걸 그랬어요. 그랬으면 적어도 죽임을 당하진 않았을 테니까요. 그냥 길에 놔둘 걸 그랬어요, 우리가 책임도 못 질 걸, 우리가 책임도 못 질 걸."

그날 이후로 여자는 한동안 꽤 깊은 고민 속에 빠져 지냈던 것만 같다. 여자는 그 개를 죽인 사람은 다름 아닌 자신이라고 생각했다. 물론 펭귄도 그러한 여자의 의견에는 동의를 했지만, 그냥 지나간 일로 덮어두려고 했던 펭귄과는 다르게 여자는 자진하여 그 죗값을 치르고자 했다. 여자의 속죄 행위는 다음과 같은 과정을 거쳤다; 길을 잃은 개들을 붙잡아 가둔 수용소에 무턱대고 찾아가 그 녀석들을 씻기고 입속으로 사료를 직접 부어주는 것, 곧이어 죽임을 당할 개들을 집에 초대해 하루 혹은 이틀, 길게는 이주까지 가정의 따뜻함을 경험하게 해주는 것. 여자는 종종 펭귄을 그 일에 데려갔다. 펭귄은 개를 꽤 좋아하는 편이었기 때문에 그것은 그리 나쁘지 않은 경험이었다. 다만 문제는, 펭귄은 녀석들과 몸싸움하며 노는 것을 좋아했기 때문에 주로 큰 개들과 놀았는데, 큰 개일수록 새 주인을 찾기가 어려워 딱 이주 후에는 세상에서 사라져 버린다는 점이었다. 더군다나 여자가 간혹 죽임을 당할 개들을 집구석까지 데려왔을 때만큼은 아주 복잡한 심경을 느꼈고, 그 비정상적인 상황을 견디기에 많이 힘겨워했다. 이왕 말했듯 개들의 표정은 당신의 생각보다 훨씬 더 다채로워 아주 많은 것들을 말해주는데, 그 세밀함이 펭귄을 안절부절못하게 했다. 집에 초대된 개들의 표정은 대개 공간과 펭귄에 대한 낯선 공포와 경계로 시작해서, 안도를 거쳐 시도 때도 없는 반가움과 포근함을 지나 마침내 체념과 수용으로 끝난다. 펭귄은 그렇게 산발적으로 피어났다가 단숨에 사라지는 균열을 두려워했다. 개들의 표정은 펭귄의 머릿속을 여관 삼아 잠시 머물렀다가 떠나는 투숙객들과도 같았다. 아, 진상들이었다. 잔뜩 어질러 놓고 떠나 버리기 때문이다. 그들이 떠나면 그리 넓지도 않았던 그의 머리는 발 디딜 틈 없는 난장판이 되어 버리곤 했다.

여자는 모종의 몰두가, 자신을 구원해 줄 것이라 믿는 듯 보였다. 학술적으로 증명이 된 내용인지 아닌지는 잘 모르겠지만, 안 좋은 일을 겪고 난 후 무언가에 미친 듯이 쏟아붓는 건 꽤 좋은 효과를 내보이기도 한다. 여자는 오랜 시간 동안 무언가에 몰두하여 시간을 보냈다. 길바닥에 버려진 개들을 보살피는 것으로 시작된 여자의 몰두는 그녀가 바라던 직업을 치밀하게 준비하는 일, 성범죄 피해자를 도와주는 일 따위의 것들로 확장되었다. 좋은 일이었다. 그렇지만 문제는 그녀의 몰두가 펭귄의 내면

일부를 갉아먹고 있었다는 점이다. 펭귄은 이주가 지날 때마다 친한 친구 녀석 하나가 사라지는 것을 바라봐야만 했고, 여자가 이런저런 책을 들추며 집중하고 있을 적에는 아무 소음도 내지 않기 위해 숨을 죽이고 가만히 있어야만 했고, 여자가 성범죄 피해자를 도와주러 갔을 적에는 안절부절못하며 집안을 서성거렸어야만 했다. 여자의 몰두는 많은 것을 겨냥하고 있었지만, 펭귄을 겨냥하고 있지는 않았다. 자신을 강간한 사람은 그렇게까지 궁금해했으면서, 여자는 펭귄이 어떤 상태에 있는지 조금도 궁금해하지 않았다. 그러자 펭귄의 내면이 이렇게 말했다, '내가 저 여자를 강간해 버렸어야 해.' 오호, 아마도 진심은 아니었을 것이다, 설마 그럴 리가. 그렇지만 우리는 진심이란 게 무엇인지 혹은 가식이란 게 무엇인지, 그 둘을 구분해 주는 게 도대체 뭔지 조금도 알지 못한다. 그러니 그것을 펭귄의 진심이라고 얘기하건, 가식이라고 얘기하건 아무런 의미도 없다. 펭귄은 그냥 그런 생각을 문득 했을 뿐이다.

직관의 명령은 간혹 윤리 정언과 대립한다. 내가 이렇게 말하면 어떨까, 어쩌면 펭귄은 여자의 회복을 그리지 않았다. 물론 그것이 그가 꾸준하게 독서로 쌓은 잘못된 내용의 정신 병리적 오해 때문인 것도 있겠지만, 따지고 보면 그것은 그리 중대한 이유가 아니었다. 펭귄은 그저, 여자가 자신에게 기대어주기를 바랐던 것이었을지도 모른다. 여자가 자신을 부여잡고 "저를 살려주세요, 제발 저를 살려주세요! 제게는 당신뿐이 없단 말이에요! 당신이 제 전부란 말이에요! 다른 건 필요 없어요!"라고 말해주길 바랐다. 회복은 그다음에 와도 전혀 늦지 않다.

여자의 정신이 그리던 나선이 점차 정상적인 형태를 띠기 시작했을 적부터, 여자는 펭귄에게 다시 집으로 들어와 함께 지내는 건 어떠냐고 물었다. 펭귄은 고개를 끄덕였다. 돌이켜보면 그것은 요청이라기보다는 그저 명령에 가까운 것이었다. 말하자면 그것은 완전한 회복을 위해 다음 단계를 밟는 모습 혹은 치밀하게 설계된 대로 움직이는 기계의 움직임과도 같았다. 여자는 매일, 잊지 않고 약을 꾸준하게 먹었다. 더 이상 여자는 물건을 엎지르지 않았다. 여자의 영혼이 톱니바퀴가 되어 버린 것만 같았다. 여자는 마치 어린아이가 자랑할 때 내보이던 멋진 모습처럼, 두 팔을 살짝 벌리며 이렇게 말하기도 했다, "어때요, 이제는 절대로 잊지 않는다니까요. 당신도 이게 훨씬 더 편하지 않아요? 이제는 더 이상 갑작스레 걸레질할 필요도, 매번 저를 걱정할 필요도 없잖아요. 그거 알아요? 저는 당신이, 꾹 참고 있었단 사실을 잘 알고 있답니다, 더는 그럴 필요가 없어요." 그 말을 들은 펭귄의 영혼이 눈물을 흘렸다. 펭귄은 여자의 양쪽 어깨를 세게 잡고 흔들며 이렇게 말하고 싶었다, "아니, 제발 정신 좀 차려, 나는 네가 그러는 걸 불편해한 적이 한 번도 없어. 나는 항상 반가웠단 말이야," 그렇지만 펭귄은 이렇게 말했다. "응. 덕분에 너무 좋은걸."

둘이 다시 함께 지내게 되면서 동침의 횟수도 잦아졌다. 그렇지만 그것이 예전만큼 즐겁다거나 편안하다고 느껴지진 않았다. 성관계가 하나의 들뜬 의무처럼 느껴지기 시작했다. 말하자면 펭귄은 간혹 그것을, 여자가 자신이 얼만큼이나 괜찮아졌는지 살펴보기 위해 실시하는 시험처럼 느끼기까지 했다. 사랑과 이끌림은 둘째 문제였다. 첫째는 여자의 회귀였다. 아, 그렇지. 그렇다면 그 둘은 서로를 강간하고 있었던 것일지도 모른다. 성관계가 이전보다 잦아진 만큼, 그것이 끝난 후에 기진맥진한 대화를 나누는 시간 또한 자연스레 많아졌다. 그것만큼은 좋은 일이었다. 내가 보았을 적에 무거운 공기와 분위기는 사람과 사람 사이의 부드러운 이음새로 작용하기도 하는 것만 같다. 그것은 서로를 향해 입만 연 사람들의 마음까지도 열어젖히고, 반대로 마음만 연 사람들의 입까지도 열게 만든다. 어떤 때에 여자는 펭귄에게, 직접 말하기에는 너무나도 부끄러웠기 때문에 그동안 말하지 못했던 칭찬을 해주기도 했다. 그 세부적인 내용은 기억나지 않지만, 주로 외모에 대한 것이던 것 같다. 반면에 어떤 때에는 직접 말하기에는 너무나도 사소했기 때문에 그동안 말하지 못했던 귀여운 질타도 보냈다. 그것도 주로 말끔하게 면도 되지 못한 펭귄의 수염에 대한 작은 불평이었다. 펭귄은 그런 칭얼거림을 사랑했다.

6장.

그 후로 일 년가량 아무런 주목할 만한 일이 일어나지 않았다. 물론 모든 애인 사이처럼 잡음은 몇 번 있었다. 그렇지만 그리 큰일은 아니었다. 그런데 아무런 일도 일어나지 않는다는 것이 그리 좋은 일처럼만은 느껴지지 않았다. 그 둘은 언제부턴가 과거에 관한 얘기를 많이 했다. 그와 같은 사실이 그 둘의 사이가 영원하진 않을 것이란 점을 명확히 해주는 듯했다. 여자는 그녀가 갖고자 했던 직업과 관련된 준비를 너무나도 철저하게 한 나머지 실제로 그 직업을 가진 사람과 버금가는 능력을 갖추게 되었다. 여자는 그 기관에서 신입을 모집한다는 공고를 보자마자 지원했고, 곧이어 많은 이들을 제쳐 낙담시키고 신입으로 선정될 수 있었다. 여자는 시간이 날 때마다 겁에 질린 개들을 보살펴 주었고, 이후로 그것들을 아주 능숙하게 다룰 수 있게 되었다. 여자는 길바닥에 버려진 거의 모든 개의 인기를 독차지했다. 여자는 지속해서 상담을 받았고, 이제는 상담 시간에 그 사건에 관한 얘기는 거의 나오지 않고 그저 웃고 떠드는 시간을 보낼 수 있게 될 정도로 아픔이 아문 듯이 보였다. 게다가 여자는 다른 강간 피해자들과의 얘기를 아주 많이, 그리고 지속해서 나눴기 때문에 그들을 아주 절묘하게 다루었다. 여자의 능력은 마치 수십 년간 상담법에 대한 공부를 했을 법한 사람의 그것과도 같아서 꽤 많은 이들의 찬사를 맞았다. 심지어 어떤 때에는 강간을 당했다는 사람 몇몇을 집에 초대해 이런저런 얘기를 나누는 일도 벌어졌다. 펭귄은 여자가 그런 사람들을 집으로 가져올 때마다 개인적인 일이 있다며 서둘러 나가버렸다. 사실 아무 일도 없었는데도 말이다. 그런 그의 행위는 피 강간인들을 잘 속인 듯 보였지만, 펭귄의 일상에 대해 잘 알고 있었던 여자만큼은 속이지 못한 듯 보였다. 여자는 서둘러 길을 나서는 펭귄을 가만히 쳐다보기만 했다. 밖으로 나온 펭귄이 할 수 있었던 것이라고는 가만히 앉아 상상에 잠기는 것뿐이 없었기 때문에 펭귄은 여자의 집 앞에 덩그러니 놓이곤 했다. 펭귄은 책을 읽거나 작은 공책에 이런저런 내용을 끄적이거나, 혹은 무심한 듯 지나치는 사람들을 구경했다. 간혹 여자의 집 안에서 큰 웃음이 터져 나오기라도 하면 머리를 두세 번 절레거렸다. 펭귄은 그렇게 허무하게 시간을 보내다, 그 즐거운 모임이 끝날 때쯤에 맞춰 슬그머니 되돌아왔다. 집을 나서는 피 강간인들의 표정은 아주 밝았다. 마치 강간이란 걸 한 번도 경험해본 적이 없는 사람들처럼 말이다. 그들은 여자의 양손을 붙들고 이렇게 말하기까지 했다, "당신은 정말 용감한 사람이에요." 그러고는 그들은 어색한 듯 가만히 서있는 펭귄을 발견했다. 그러면 그들은 짤막

한 고개 인사와 함께 민망한 미소를 건네고 떠나버렸다. 매번 그 미소를 목격하던 펭귄이었지만, 그것이 따뜻하다고 느껴졌던 적은 한 번도 없었던 것만 같다. 그것은 다만 온기를 흉내 냈다. 피 강간인들에게 있어서 여자는 강하고 멋진 사람이었다. 물론 그렇게 사람들의 찬사를 받는다는 건 정말 좋은 일이었지만, 왠지 모르게 펭귄은 그런 여자의 모습에 불만을 느꼈다. 생각해 보니 그것은 여자가 아니라 질서를 겨냥한 불만이었다. 애초에 여자가 강간을 당한 적이 없었다면 그렇게 강하고 멋진 사람이 될 필요도 없었을 텐데. 그것은 마치 나이에 걸맞지 않게 늠름한 행동을 일삼던 어떤 아이가, 태어나자마자 학대를 당하곤 했었다는 사실을 알아차린 후에 느낄 법한 감정과 아주 유사했다, 누군가가 지닌 영웅다움에 대한 예찬이, 끽해야 엇나가지 않아 다행이란 판단으로 변질되어 버리는 것-. 피 강간인들이 여자의 인간다움에 대한 찬사를 보낼 때마다 펭귄은 그것을 이렇게 들었다, "잊지 말아요, 당신은 강간을 당했어요, 잊지 마세요, 당신은 강간을 당했어요."

언젠가 펭귄은 피 강간인들이 죄다 자리를 비키고 여자와 단둘이 남게 되었을 적에 이렇게 말한 적이 있었다, "나는 당신이 요새 들어 하는 일들이, 참 가치 있는 일이라고 생각해. 누군가는 곧 죽임을 당할 개들을 보살펴 주어야겠지. 죽음을 앞둔 녀석들에게 따뜻한 가정의 모습이 무엇인지, 짧게나마 보여줘야겠지. 그렇지만 가끔씩은 말이야, 아주 가끔씩. 그 일이 오히려 당신이 겪은 일을 더 선명하게 만들고 있다는 생각을 할 때가 있어. 생각해 봐, 우리가 개를 죽여버린 적이 없었다면, 당신이 그렇게 개들을 보살펴줬을까?" 그러자 여자가 살짝 미소 지으며 뭐라 대답하려 했다. 그런데 이내 입을 꾹 다물어버리더니, 골똘히 생각에 잠긴 듯한 모습을 내보였고 표정이 살짝 일그러졌다. 그 표정을 본 펭귄은 서둘러 이렇게 말했다, "사람이 죽었을 때, 알지? 그 사람과 관련된 것들을 죄다 묻어버리거나 태워 버리잖아. 왜 그러는 거겠어? 얽매이지 않기 위해서 그러는 거야. 붙들고 있으면 해방될 수 없거든." 여자는 일그러진 표정으로 펭귄을 가만히 쳐다봤다. 그러고는 이렇게 말했다, "당신, 제가 개를 보살피는 것에는 아무 관심도 없죠? 실은 다른 걸 말하고 싶었던 거죠? 제가 저들과 함께 시간을 보내는 일 말이에요." 그러자 펭귄이 이렇게 말했다, "아니야."

여자는 그 이후, 몇 번의 만남을 끝으로 피 강간인들과 얘기를 나누는 일을 그만두었다. 마지막 만남은 여자의 집에서 꽤 길게 이어졌었는데, 아마 참을성이 부족한 피 강간인 몇 명이, 여자에게 애원하느라 그렇게 오래 걸렸던 것이었을지도 모른다. 여자의 손목을 낚아채면서 이렇게 말했겠지, "저를 떠나지 마세요, 저를 떠나지 말아주세요!" 신체 일부가 속박당한 여자는 아주 당혹스러워하다가, 손목을 되돌려 받고선 욱신거리는 그것을 움켜쥐어 진정시켰을 거야. 그러고는 이내 차가운 얼굴을 들어 올

렸겠지. 허락도 없이 손목을 가로챈 것에 화가 나서가 아니라, 그렇게 애원을 해도 소용이 없다는 사실을 단번에 알려주기 위해서. 아마 여자는 본인의 진심과는 다르게 더 차갑게 행동했을 거야. 그렇게 연기하면서 속으로는 아주 슬펐을 거야. 그러고는 그들에게 이렇게 말했겠지, "당신들은 불행해요. 그리고 주변까지 그 불행으로 물들이고 싶어 하지요. 아직도 모르겠어요?" 그러면 그들은 할 말을 잃어버릴 거야. 그러고는 드디어 깨달을 수 있었을 거야. 모두가 즐거워했던 그 모임이, 실상 어느 한 명의 조건 없는 배려 위에 세워진 아주 위태로운 것이었다는 사실을 말이야. 하기야 냉정하게 생각하면 너무나도 당연한 일 아니던가? 강간당한 이들이 모여 내뱉는 한탄을 매주 듣는 것이, 즐거워 봐야 또 얼마나 즐겁다고. 게다가 그런 류의 영웅담은 아주 고약해서 말이야, 일생에 한 번 정도 듣는 게 딱 적당히 재미나단 말이지. 이 세상의 고통은 스스로가 아주 특별한 척 행동하지만 실상 거기서 거기니까. 두세 번 반복하여 들으면 질려버리니까. 그 모임이 펼쳐질 적에 펭귄은 또 서둘러 나가버렸기 때문에 그 광경을 직접 보지는 못했지만, 아마 그 공간에 같이 있었다면 그 애처로운 이들에게, 이렇게 말했을 것이다, "당신들은 그저, 함께 좋은 시간을 보내고 있는 줄로만 알았지요? 그렇지만 냉정하게 생각해 봐요, 그게 가능한 일입니까? 당신들은 저 여자를 해치고 있었다구요. 아, 그럼요. 그렇게 처음부터 냉정하게 판단하는 건 참 어려운 일이지요. 왜냐하면 당신이 이 관계를 사랑했기 때문이에요. 그렇지만 세상은, 당신의 그 저렴한 머리로 막연히 결론 내렸던 것처럼 돌아가지 않습니다. 맞습니다, 생각보다 어려운 일이지요, 당신이 이 관계를 사랑했기 때문이에요."

모임이 끝나면 곧장 뒷정리하고는 했던 여자는 그날따라 그냥 멍하니 의자에 앉아 어질러진 광경을 쳐다보고 있었다. 펭귄이 되돌아와 그 뒷정리를 대신했다. 펭귄이 주섬주섬 빈 찻잔을 모을 적에 여자는 이렇게 말했다, "정말로 그렇게 생각해요?" 그러자 펭귄이 이렇게 말했다, "뭐가?" 그러자 여자는 이렇게 말했다, "고통을 지우기 위해서는, 외면해야 한다고 생각하느냐구요." 그러자 펭귄은 여자에게, 표상과 본질에 대한 얘기를 아주 길게 늘어놓았다. 그것은 아주 많은 내용이 담겨있는 말이었지만, 돌이켜보니 아무것도 설명하지 못하는 것이었다. 그러자 여자는 펭귄을 끌어안으며 이렇게 말했다, "이런 가엾은 사람!" 그러고는 또 이렇게 말했다, "이런 불쌍한 사람. 당신은 지금까지 그냥 가만히 버티기만 했죠? 그것이 당신이 아는 유일한 방법이니까요." 그 말을 들은 펭귄은 도무지 어떻게 반응해야 할지 몰라 여자를 몸에 대롱대롱 매달고 집 뒷정리를 마저 했다. 그것을 어떻게 끝마쳤는지 전혀 기억나질 않는다. 그 상황이 다소 우스꽝스러워 여자와 펭귄이 몇 번 웃음을 터뜨려버렸던 것만 같다. 뒷정리를 거의 끝마쳤을 때 펭귄은 괜히 집 안을 서성거렸다. 여자가 떨어지지 않았으면 바랐던 것만 같다. 여자도 계속 매달려 있었다. 그런 기형적인 행태에도 여자와 펭귄은 평온함을 느끼고 있는 듯 보였다.

　잠에 들어야 할 시간이 다가오자, 그 둘은 착 달라붙은 채로 함께 씻었고 함께 누웠다. 그 둘은 누워서 옛날얘기를 조금 했다. 덕분에 성관계가 선행되어야만 비로소 존재할 수 있었던 것들이 자신의 존재 구조에서 벗어나 조금 일찍 등장했다. 기진맥진한 상태. 부끄러움, 증세와 추위, 부드러움과 온기 그리고 작은 숨소리가 그 둘 사이를 덮었다. 그 틈에서 펭귄은 이런 생각을 했다, 어쩌면 말이야, 아주 어쩌면. 스스로 '끝냈다'라고 판단한 그 많은 사유가, 오해를 뒤집어쓴 채로 세상을 두리번거리고 있었을지도 모른다고. 펭귄은 고개를 돌려 여자를 바라봤다. 그 순간만큼은 그 둘 사이에, 정말 아무 일도 없었던 것만 같았다. 강간과 냉소가 손을 붙잡고 먼 여정을 떠나며, 이제 다시는 돌아오지 않을 것이라고 말해준 것처럼 느껴졌다. 고요를 깨고 여자가 말했다, "궁금하진 않았어요?" 그러자 펭귄이 이렇게 되물었다, "뭐가?" 그러자 여자가 이렇게 말했다. "제가 당한 일 말이에요." 그러자 펭귄이 대답했다, "이미 전부 말해줬잖아," 그러자 여자가 이렇게 말했다, "언제요?" 그러자 펭귄이 말했다, "전화로 말이야." 그러자 여자가 이렇게 말했다, "그걸로 전부 설명이 된 건가요? 저로서도 그때에는 전부 말하지 못했던걸요. 아주 혼란스러웠으니까 말이에요." 그러자 펭귄이 이렇게 말했다, "아니. 전부 설명이 되지는 않았지." 그러자 여자는 이렇게 말했다, "알고 싶진 않았어요?" 펭귄이 여자의 품속으로 기어들어갔다. 알고 싶진 않았냐고? 글쎄, 당연히 알고 싶었지. 그것이 당신에게 큰일이었던 것만큼 내게도 큰일이었던 터에. 그렇지만 한 가지 확실한 것은, 그 명확한 시기를 꼽는 건 완전히 불가한 일이겠지만서도, 언제부턴가 그 내막은 전혀 중요하지 않은 게 되어버렸다는 사실이다. 강간은, 시간이 지나도 강간으로 남아있다. 펭귄이 고개를 올려 여자를 쳐다봤다. 펭귄은 여자의 눈에 깃든 것을 보았고 이내 두려움에 떨기 시작했다. 여자가 이렇게 말했다, "저는 이제 준비가 되었거든요. 당신은 지금껏, 제 상태가 나아질 때까지 저를 가만히 기다려준 것이지요?" 그러자 펭귄은 몇초간 가만히 있다가, 이렇게 말했다, "맞아." 그러자 여자는 이렇게 말했다, "그게 어떻게 된 것이었냐면요……."

제3부

강간

1장.

본 서술자는 강간의 광경을 기술하지 않는다.

제4부

불투하는 것들

1장.

"맞아요, 저도 그런 경험을 한 적은 한 번도 없어요. 그렇지만 아주 재미나지 않겠어요? 어쩌면 우리를 지탱하는 것들이 바로 그런 것들이었을지도 몰라요. 틀어진 계획들 말이에요. 분석하려 들지 말아요, 펭귄. 당신은 조금 더 느껴야 해요. 이 말을 기억해 줄래요? 분석하는 이들은, 감상하는 이들을 결코 이길 수 없답니다. 분석은 일반화를, 그리고 감상은 가멸을 지향하기 때문이지요. 그리고 그렇기 때문에 분석하는 이들은 감상하는 이들을 이길 수 없답니다. 전자의 이들에게 새로운 공간은 위협이지만, 감상하는 이들에게 새로운 공간은 풍요이기 때문이지요. 당신은 이제 분석을 내려놓고, 더 많이 느껴야 해요. 그것이 분명 당신을 완전하게 해줄 거예요. 글쎄요, 우선은 원인을 찾으려는 욕망을 조금 덜어보는 게 어때요? 제가 보기에 이 세상에는 아무 원인도 없는 현상이 너무나도 많거든요. 저는 가끔 그런 생각도 해요. 당신의 사유가 지닌 지향이 정반대였다면, 당신은 얼마나 유쾌하고 멋진 사람이었을까! 지금 모습이 별로라는 말을 하는 건 아니에요, 펭귄. 당신이라면 제 진심을 알아주겠지요? 그렇지만 간혹 그런 생각을 한답니다. 당신이 분석하는 만큼 느낄 줄 아는 사람이었다면, 당신은 얼마나 더 멋질까! 모든 사유의 종착은 사랑이어야만 한답니다. 알고 있었나요? 사랑까지 도달하지 못한 사유는, 아무리 철저하다고 해도 가치가 없어요, 주체를 고통스럽게 하니까요."

"물론 당신이라면,
그것 또한 견뎌내야만 하는
고통이라고 말하겠지만."

2장.

"당신은 아직도,

모든 게 당신 잘못이라고 생각하고 있나요?"

3장.

"당신은 사람을 밀어내지요. 아주 가차 없이 말이에요. 당신은 한번 밀어낸 사람을 다시는 당신의 세상으로 초대하지 않지요. 간혹 그 모습이 아주 잔인해 보일 때도 있었답니다. 그거 알아요? 처음에 저는 당신이, 단지 괴팍한 할아버지 같은 내면을 갖고 있는 줄로만 알았답니다, 세상을 경멸하는 그 모습 말이에요. 그렇지만 당신이 밀어내던 그것들에, 당신 자신도 포함되어 있었다는 사실을 알게 된 이후부터는, 그렇게 단순하게 생각하고 넘어갈 게 아니었다는 걸 깨달아 알게 되어버렸지요. 펭귄, 이런 생각을 해본 적 있나요? 대상을 불신하는 순간, 해석은 더 이상 진실이 아니라 투사가 되어 버린답니다. 그 찰나의 순간에, 정말 마법처럼 변신해 버리지요. 펭귄, 당신은 어떤 생각을 하고 있나요? 생각이 자꾸만 서로의 꼬리를 물어, 원래 물고 있던 것이 무엇이었는지 아무런 분간도 하지 못하게 되어버렸지요? 정말로 당신은, 당신의 말처럼. 정확한 것인가요? 아니면 그저 이해하는 데에 지쳐버린 것인가요? 누군가가 짚어주지 않았을 뿐이지, 당신도 그 사실을 알고 있지요? 그래서 당신은 밀어내었던 것이에요, 당신의 주목을 받을 자격이 없다고, 마음에 있지도 않은 말을 하면서. 당신은 거리낌에 투신하지요? 그 모든 비참한 인식의 기원이, 다름 아닌 당신의 기진에 있었다는 사실을 그 누구보다도 잘 알고 있기 때문에-. 저는 당신의 고집이 여간 센 게 아니란 사실을 잘 알고 있어요. 오해하지 말아요, 그게 나쁘단 말은 전혀 아니랍니다. 당신의 존재가 지닌 가치를 빚어내는 것이 바로 그, 몇 번이고 곱씹어진 고집이랍니다. 하지만 당신은 그것의 무게를 전혀 모르고 있어요. 저는 줄곧 당신에게, 이렇게 묻고 싶었어요. 당신은, 정말 당신이 말한 대로 인간을 경멸하나요? 당신이 그렇게, 무고한 사람들로부터 자격을 박탈하고 그들을 당신의 세상에서 추방해 버릴 수 있었던 게, 정말로 당신이 치밀하고 정확한 사람이었기 때문이었을까요? 당신은 그것을 마치 중대한 능력이라도 되는 줄 알죠? 당신은 그것을, 마치 거대한 꼴불견에 대항하여 맹렬히 맞서고 있는 것이라고 여기고 있죠? 그렇지만 스스로 그런 생각을 해본 적은 있나요? 당신이 그렇게 행동할 수 있었던 이유에 대해서 말이에요. 당신이 다른 사람들에게 그렇게까지 차갑게 행동할 수 있었던 것이, 과연 정말로. 저들이 세상에서 없어져야 할 멍청이들이었기 때문일까요? 아니면 당신과는 다르게 상대를 우선 사랑해 볼 수 있을 정도로 용감한 사람들이었기 때문일까요?"

"당신은 맞서고 있지 않아요, 펭귄.
당신은 군림하고 있어요.
다른 이들의 순수를 밟고 서 있어요."

4장.

"아주 힘겨운 일이지요? 안으로 파고든다는 게. 그래도 저는 당신이 글을 계속 썼으면 좋겠어요. 물론 처음 당신이 글을 끄적이는 걸 보았을 적에는 아주 당황스러웠답니다, 너무나 뜬금없었으니까 말이에요. 이제 와서 뭘 어쩌려는 건지, 이해할 수도 없었구 말이에요. 그렇지만 동시에, 속으로는 그런 즐거운 상상을 하기도 했답니다, 언젠가 당신이, 스스로 자격을 전부 갖추었다고 판단했을 적에, 우리의 얘기를 쓰는 상상을 말이에요. 생각만 해도 즐겁지 않아요? 그때가 되면 어떤 얘기를 쓰고 싶어요? 아주 재미나고 예쁜 이야기가 되겠지요? 우리는 마치

운명처럼 서로를 끌어당겼으니까요. 이것을 사랑이라고 하지 않으면, 또 어떤 것을 사랑이라고 할 수 있겠어요? 사람들도 우리를 사랑해 주겠지요? 사랑해 주진 못하더라도, 적어도 우리가 서로 흉내를 내고 있던 것이라고는 생각하지 않겠지요? 최고의 글을 써달라는 말은 하지 않을게요. 그것이 당신 마음대로 되진 않는다는 걸, 그간 당신을 지켜봐 알고 있으니까요. 그렇지만 대신에, 후회를 남기지는 말아주겠어요?"

5장.

"그런 생각 해본 적 있나요? 좋은 일들도, 마치 나쁜 일들처럼. 좀처럼 잊히지 않는 것이었다면 사람들이 지금보다는 조금 더 행복할 수 있을 것이란 생각. 요새 들어 기분이 나빠지는 일들이 너무 자주, 또 많이 들려와요. 누가 누구를 찔렀네, 누가 누구를 속였네, 누가 누구를 험담했네……. 그런 일들이 전부 사라질 수 있지 않을까요? 언젠가 그런 내용을 읽은 적이 있어요, 의도된 비행과 나쁜 감정은, 실은 어떤 부탁을 하는 것이라는 내용을요. 맞아요, 맞아요, 펭귄. 책임을 벗기는 내용에 너무 깊게 매몰되어 버리면 안 되겠지요. 제가 당신의 생각에 완전히 동의하는 건 아니지만, 근거 없는 낙관은 종종 비극적인 일을 부르니까요."

6장.

"제 앞에서 다시는, 그런 표정 짓지 말아요! 모든 걸 죄다 알고 있는 양, 그런 표정을 짓지 말란 말이에요! 저는 되돌아가고 싶을 뿐이라구요. 당신처럼 과거를 지우고 싶단 말이 아니에요, 그 과거를, 더 이상 문제가 없는 것으로 만들고 싶은 것이라구요. 가끔은 그런 생각도 해요, 당신만 없었다면, 이미 회복하고도 남았을 것이라고. 어쩌면 제 실수였을지도 모르지요, 당신에게 죄다 말해버렸으니까요! 차라리 거짓말을 해 버릴 걸 그랬어요! 당신은 세상에서 당신이 제일 잘났죠? 다른 사람들이 요상한 행동을 하면 그것이 다 지능의 문제라고 생각했죠? 당신은 그저 간절해 본 적이 없었을 뿐이에요, 펭귄. 당신은 항상 당신을 아무것도 하지 않아도 되는 위치에 가져다 놓았으니까요. 그렇지만 이 사실은 알지 못했지요? 구경에도 책임이 깃든다는-. 아니요, 당신은 불행해요. 그래서 전 한동안 당신을 떠나지 못하고 있었어요. 우리가 함께라면 그 어떤 비극도 이겨낼 수 있을 것만 같아서가 아니라, 제가 떠나 버리면 당신의 일부가 어딘가에 콕 박혀, 울음을 터뜨려 버릴 것만 같아서. 그렇지만 그것은 사랑이 아니었답니다. 아주 오랫동안 생각해 봤어요, 그건 사랑이 아니었답니다, 펭귄. 알아요, 알아요. 처음부터 그렇게, 냉정하게 판단해 내는 건 참 어려운 일이지요. 당신이 이 관계를 사랑했기 때문이에요. 그렇지만 더 이상 듣기 싫어요. 당신은 불행해요, 펭귄. 그리고 주변까지 그 불행으로 물들이고 싶어 하지요. 아직도 모르겠어요? 저를 진정으로 아프게 한 건 강간이 아니라 당신이었답니다."